张经 著

丽娃夜话

教育、科研与人生三味

南京大学出版社

谨以此书献给我的母校——南京大学。

我曾经在这里读书和生活,她的文化激励了我对世界的思考、影响了我对科学的追随,并且改变了我的人生轨迹。而如今,我却无以回报。

写在前面的话

在本书中，我不曾打算，也不应该把自己设计成为一个"指手画脚"或者"置身事外"的角色。所有我在对周围的事物进行反省、评论、批评时，如果涉及某一件事情或者某一类人群，请读者与诸位同人务必理解这其中也包括我自己。我生活在这个国家之中，并作为一个公民享受着社会发展所带来的在物质、文化和环境等不同方面的进步。同样地，在如今社会上的一些现象受到褒贬或者诟病的时候，我也应当承担起相应的责任，不可以规避、推卸或者置身于度外。

在我的一生之中，大部分的时间是在学校里面度过的：我曾经在大学里面读过书，毕业后虽经坎坷，却又回到了大学里面工作。中间，虽然为生计和自己的理想四处辗转奔波，但终归没有脱离教育和学术研究的行当。如果不出什么意外的话，我也会从大学教师的岗位上退休，只是时间早或晚而已。一晃，我在大学里面已经工作超过了 35 个年头。在即将离开这个我熟悉的工作岗位之前，开始利用闲暇之时反省自己在过去的岁月里面的生活经历。譬如，我会问自己：教育的精髓究竟应该是什么？大学的成功应该包括哪些方面？再则，科学家在这个星球上作为一个群体，他们的行为应该怎样去认识与评判？诚然，科学家作为社会上某个群体中的一个部分，其表现可能与其他阶层的有所不同，在不同的国家之间就学术上的成就怎样比较客观地进行评估也不是一个简单的问题。如此等等。其实，对于这许多问题来讲，我自己也没有明确的答案。但是在本书中，我仍然十分乐意同读者们分享自己关于一些事情的思考，检讨自己的失败。在我看来，我国自1978年实行改革开放政策以来，社会的发展取得了空前的成功，经济的体量若以产值的总体作为依据进行计算的话，已经在这个星球上超越了许多发达的国家。然而，因为我们的人口众多，若以人均GDP来衡量，我们应该与一些发达国家还相差甚远。这种局面恐怕在今后相当长的一段时间中都得不到根本性的扭转。我自己在过去的40年中体验了国家经济的变革和巨大的进步，在欢欣鼓舞的同时也注意到在社会发展中的一些不和谐现象，它们与百姓的期望相差甚远。我们本可以在这世界上做得更好。然而，如果我们能够仔细地检点过去走过的弯路，在发展经济的同时注重剔除文化的糟粕，我们依旧可以在不远的将来屹立在世界的民族之巅。这恐怕是每一个中国人发自肺腑的呐喊，也是我内心中的梦。

这本小书是我工作之余，在休闲的时间断断续续地"码字"码出来的，中间拖沓了数年之久。在华东师范大学位于中山北路的校园中，有一条曾经与校园之外的苏州河相通，后来被闸门阻隔的汊道，名曰"丽娃"。关于丽娃，在校园中曾经有不同的传说版本，但是传承的却是同一个美丽的故事。"丽娃"在我的心中，更多的是代表一种校园文化，一种在大学中被融于一代又一代的师生们的骨子里面的东西。在书中所讲的人和事，也是我在这校园中工作期间所想和所经历的。

目 录

写在前面的话

第一辑 教育

我们培养什么样的学生？ ⋯⋯⋯⋯⋯⋯⋯⋯⋯⋯⋯⋯ 3
大学的生活与文化烙印 ⋯⋯⋯⋯⋯⋯⋯⋯⋯⋯⋯⋯ 25
遵守规矩与无知者无畏 ⋯⋯⋯⋯⋯⋯⋯⋯⋯⋯⋯⋯ 30
也谈学术界的"社交活动" ⋯⋯⋯⋯⋯⋯⋯⋯⋯⋯ 42
教师的职责 ⋯⋯⋯⋯⋯⋯⋯⋯⋯⋯⋯⋯⋯⋯⋯⋯ 51
民主的价值 ⋯⋯⋯⋯⋯⋯⋯⋯⋯⋯⋯⋯⋯⋯⋯⋯ 57
技术拯救国家 ⋯⋯⋯⋯⋯⋯⋯⋯⋯⋯⋯⋯⋯⋯⋯⋯ 67

第二辑 科研

知识分子的特质 ⋯⋯⋯⋯⋯⋯⋯⋯⋯⋯⋯⋯⋯⋯ 85
关于科学家的成就 ⋯⋯⋯⋯⋯⋯⋯⋯⋯⋯⋯⋯⋯ 95
知识分子的社会角色 ⋯⋯⋯⋯⋯⋯⋯⋯⋯⋯⋯⋯ 108
科学研究的代价 ⋯⋯⋯⋯⋯⋯⋯⋯⋯⋯⋯⋯⋯⋯ 118

科学家的成长 ·················· 128
感谢前辈和同事 ················ 138
关于环境问题 ·················· 144

第三辑　人生

关于"自我"的反省 ·············· 157
也论"老之将至" ··············· 165
论友情 ······················ 173
也谈"简朴生活" ··············· 178
父母的养育之恩 ················ 188

跋 ························ 192

第一辑 教育

教育本是一件惠及大众的国家行为。在现如今的社会上，似乎我们每个人就国家的教育都可以慷慨陈词一番，但是对于改变其现有的弊端又无可奈何。在我看来，有些问题看上去是出自大学的教育，但其根源确系与在中、小学中对孩子们的培养直接地相关。

学习应该是一个快乐的过程，教育则是要帮助孩子们掌握学习的方法，而不是仅仅在于"灌输"知识本身。通过教育，我们应该使孩子们的内在秉性获得良好的训练，自身的特长得到充分的发挥，以便在日后于社会上的实践中展现其内心远大的抱负。

我们培养什么样的学生？

在我看来，教育应该是惠及社会上的每一个公民，而且是推动社会进步的最为有效的方式。已故的南非总统纳尔逊·罗利赫拉赫拉·曼德拉（Nelson Rolihlahla Mandela）曾经讲过，"教育是一项未来回报最为丰厚的投资"（Education is the most powerful investment for the future.）。在现今的社会中，教育似乎是每一个公民都会发表一通情绪激昂的评论，却对其现状又无可奈何的事物。在中国，法律规定公民在孩童时期必须接受九年制的义务教育，所以我们每一个人也都是现行教育制度下的产品。

在位于山东省青岛市的南京路上的中国水产科学院黄海水产研究所的办公大楼前，曾经挂有一块"中-加海水养殖研究培训中心"的牌匾，上书："授人以鱼不如授人以渔"。在20世纪90年代后期，我去那里出差时，常常会在这块牌匾前驻足，反省其中的寓意。其实，我们每个人都能体会"授人以鱼不如授人以渔"中所蕴含的两种教育理念之间的差别。但是，关键是我们在日常的授课与课余的生活中常常忽视了对这两种理念的厘清和实践。根据我个人的理解，"授人以鱼"强调注重眼前的利益，譬如通过作业和"刷题"、高强度的补课来应付考试和提升在群体中的排名次序;"授人以渔"则更多地注重长远的规划,强调掌握学习的方法和做事的技能。我的一位留居国外的同窗曾经对我讲过,很多发达国家的中、小学教育中所贯穿的理念,是培养孩子们做事情的乐趣与掌握学习的方法。在我这位昔日的同窗看来,学什么是不重要的,关键在于兴趣在哪里,以及知道如何去学习。在许多年之后,我也曾经回到中国水产科学院下属的黄海水产研究所,去寻访那块关于"授人以鱼不如授人以渔"的警世录。可惜的是,当年挂在墙上的那块牌匾已不知所踪(图1)。一位在黄海水产研究所工作的前辈同我讲道,这句颇有哲学寓意的话的英文原文应该是"Give a man a fish and you feed him for a day, while teach a man to fish and you feed him for a lifetime"。

我们的教育应该提倡一种"公平"的理念。一个孩子,不论其家庭的出身如何,或是富裕或是贫困,只要他有天赋,用功读书,教育就应该为其铺就一条通往未来美好前程的道路,学校就应该为其打开通往幸福生活的那扇涂有朱漆的大门。而现今,我们的优质教育资源集聚于大都市、沿海等相对发达的地区,在那里成长的孩子们从出生的那一天起就享受着利用全国纳税人的心血积聚的教育、文化和生活方面的超级财富;而那些生活在偏僻的山区、边疆和海岛上的孩子们,往往却苦于不知如何能够接受到系统和正规的教育,也无法获得那些生活在城市里面的孩子们所拥有的学习环境和享受的良好教育资源。我曾经去过西部的山区和南方的海岛,见识过那里的学校和教学设施。在边疆的一些地方,学校里的教室和课桌、板凳等都很破旧,看了令人感到心酸。那里的孩子们上学,往往要走很远的路,甚至翻山越岭。学校里面的伙食常常也都很普通,我们培养什么样的学生？

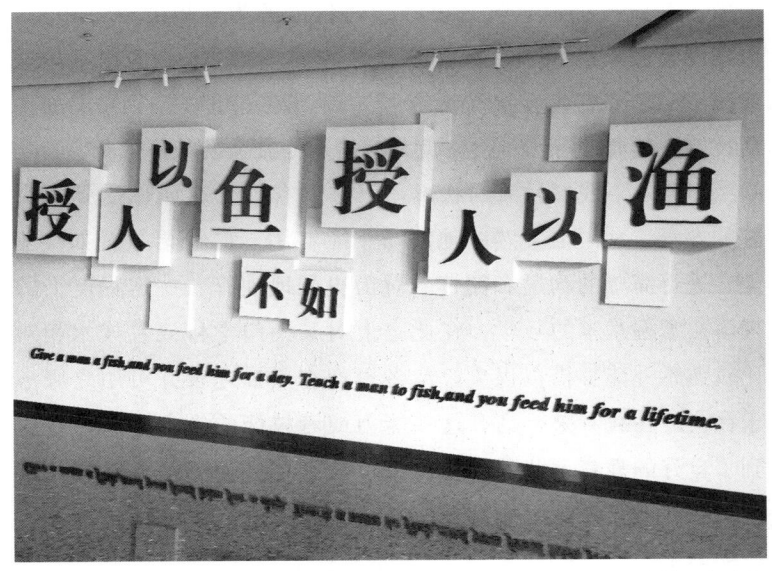

图1 令人颇感遗憾的是，当年的那块"授人以鱼不如授人以渔"的牌匾如今似乎在原址已经找不到了。不过，最近我在中国水产科学研究院黄海水产研究所新建的"国家海洋渔业资源种质资源库"的大楼中又重新见到了上面这些文字。

有些地方孩子们要自己带饭到学校里面吃。相反，在城市里处于同龄的孩子们，上下学家长会车接车送，风雨无阻；中午在学校还有食堂，伙食甚至比在家里的选择和花样还要多一些。

在21世纪初的5年到10年里，我所在单位的同事们曾经捐助过西南边陲地区中学的孩子们。那些生活在大山深处的孩子们中，有些人在大学毕业之后又回到边陲为那里的百姓服务，为家乡的振兴奋斗，令人看了很是感动。在同事们的眼里，这些孩子们能够有机会接受系统的知识训练，并掌握了一定的生活技能，热心服务于社会，就是教育对于社会的最好回报。

想象一下我们目前的状况，问一下自己什么叫作受到了良好的教育。利用中文熟练地书写、能够用一门外语（譬如：英文）进行简单的沟通和阅读、对历史和地理有着一定程度上的理解、掌握基本的数学，在此之上对某一门学科或者技术相对比较熟悉并能够借以谋生，或者说拥有一技之长并可用之服务于社会。在我看来，具有这些能力或者技能的人士应该算作受到了良好的教育。此外，如果一位人士在社会上还能够于处事中具有礼节，生活中能够节制，那么在我的眼里应该就算作接近完美了。

如果教育的重点放在了就一个十分宽广的范畴要求学生掌握一些包含了既定的条文和框框的科目，以及令人厌倦的词汇、语法，整日里应付考试和计算题目，久而久之，我担心孩子们会丧失了根据其特长与天赋充分培养和提升自己的能力。整个社会成为一个由家长、学校、课外辅导班之间相互绑架、制约的无形网络，我权且称之为"热心的谋害（教育）"，而我们的孩子们就在这个无形的网中苦苦地挣扎10年到20年。其结果是，那些本来具有天分成为科学家的孩子们丧失了提出研究问题的能力,变得习惯于依据固定的套路寻找解题的答案;那些本来有天赋可以成为工程师的孩子们丧失了动手的能力,变得满足于"纸上谈兵";那些本可以成为不同行业的精英的孩子们丧失了必要的生存技能,变得在社会需求的门槛之前无所适从。曾几何时,社会上有"三百六十行,行行出状元"之说,现如今我们的高等学府中培养出来的毕业生恐怕难以满足这些不同的技术行当(职业)的岗位需求。

学习应该是一个快乐的过程,教育则是要帮助孩子们掌握学习的方法,而不是仅仅在于"灌输"知识本身。通过教育,我们应该使孩子们的内在秉性获得良好的训练,自身的特长得到充分的发挥,以便在日后于社会上的实践中展现其内心中远大的抱负。我担心,在目前的这种教育体制下,除了少数那些具有应试天赋的孩子之外,其他的或者说许多的孩子都被这种"热心的谋害(教育)"扼杀或者牺牲掉了。人生本就是一场旷日持久的"马拉松",而现在社会上某些"热心"的教育、培训机构却信奉和宣传"不要让孩子输在起跑线上"之类的理念。于是乎,那些"望子成龙"的家长们被胁迫并陷入了一种在我看来极度焦虑的状态。我担心,在这种环境下,孩子们的天赋丧失了赖以萌发和成长的土壤。譬如,从幼儿园阶段就开始要求孩子们学习外语,却在小学低年级不再系统地讲授汉语拼音,就连珠算、绘画、毛笔字书写等这些反映了我们几千年文化的精髓内容都在小学的教育中基本上被放弃了。在现实当中,我们中间的一些人士,从上幼儿园就开始学习英文,在小学、中学乃至大学都在不断地学习和重复这些外语,却没有机会掌握英语国家乃至世界上其他一些地区在文学方面的精粹,在社会与历史的变革、技术的发展等方面的璀璨。更何况,很多人走出校门之后，在生活或者工作中并不经常地利用外文作为语言交流的工具。时间久了，学过的外文就被忘记了，并不能够实现其在过去十多年的辛苦学习中被赋予的价值。

在这种"热心的谋害（教育）"催生下，孩子们看上去"掌握"了很多现有的知识，牺牲的却是对发掘和探索未知的东西的兴趣，以及将研究成果转变成新的技术的能力。其结果是学生被训练成了"解题"的工具，丧失了通过观察和思考提炼出"问题"的本事，而后者恰恰是推动科学和技术进步的原创动力或者说"引擎"。譬如，我们要求孩子们从小就背诵古诗词，却未教授过这些诗词是如何写就的以及关于古诗词的结构和韵法的演变。所以，虽然有人能够背诵许多的诗词却不会写作，我认为这完全不是天赋的问题。另外，我们一些教师在课堂上也喜欢使用抽象和深奥的方式进行教学和阐述问题，好像不这样就显得学识不够丰富、学术造诣不够高深，这也使得一些原先基础并不扎实或者没有明显应试特长的学生望而却步。

思政课的重要任务之一，我认为是培养学生的爱国之心，建立民族的自尊感。做到这一点，需要从哲学和历史的角度深刻分析社会的基本问题，在经济和文化的层次上仔细对比以认识我们自己的不足，也需要同自然科学、工程和技术等不同方面的知识构架统筹在一起来实现我们的教育目的。而现在有些政治课本，内容还存在教条化、脱离现实的现象，缺乏对文化与社会发展的深入辨析，既不生动也不够客观。如此一来，学校教育的另一个弊端，会是从技术角度上令学生在社会上因脱离实际而对于就业的需求无所适从，甚至培养出一些智力超常的愤世嫉俗者。如果学生在进入社会后觉得自己所学的知识和技能没有实际应用的价值，缺乏将它们服务于社会的机会，那么错误不应该在他（她）们身上。

我个人认为，小学的教育应该是侧重于培养孩子们对生活、自然界的兴趣，中学阶段是发掘孩子们的"天赋"、帮助其发展"特长"。从幼儿园到中学毕业中间这十多年的时间里面，教育的重点应该是培育孩子们具有一副健康的体魄、一颗爱国的心灵、一腔乐于助人的情感，以及具备自觉学习的能力。在这个阶段，我觉得生物学方面的成长很重要。除了具备一个健康的体魄，孩子们应该学会基本的生活能力，懂得如何与周围的人和谐相处，明白在一个群体中的个体所应该扮演的角色，具有团结和友爱的情操。假如这些基本的个人品行与生存能力都不具备，那么我们千万不要天真地以为他们在大学教育的四年之中能够发生天翻地覆的变化或者出现"奇迹"。在大学教育的四年中，将孩子们在过去的十几年中养成的不良习惯和思维的定式改掉是一件十分困难的事情，或者说是"天方夜谭"。就这一点，结果如同将在城市里面的动物园中饲养长大的动物在某一日重新放归到自然界中一样，这些在饲养员的呵护之下长大的动物将不能够适应野外的生存环境，其中也包括不具备狩猎的技巧和捕食的能力，不会与同类和睦相处，最后的结果将会是十分的悲催的。

我本人的专业背景或者说赖以谋生的职业是化学海洋学。有一次，一个中学生在交谈中与我一起讨论关于世界上的四大著名渔场的事情。从海洋科学的角度，渔场的形成需要有一些必要的条件，譬如具有比较高且持续的初级生产力，以便支持整个食物网对能量和物质的需求。因此，满足这样的前提条件的海域，在世界上应该是冷、暖流交汇或者是具有持续的上升流之处。于是，我就同那个中学生讲出了我内心中想象的四个著名渔场的名称，结果有一半是"错误"的。在中学的教科书中定义的世界上的四大著名渔场，包括秘鲁、日本的北海道、加拿大的纽芬兰、北海。据我的理解，秘鲁外海那里有非常重要的上升流，加拿大的纽芬兰东部和日本的北海道外面是冷、暖流交汇之处。当然，在世界上也还有其他的地方出现上升流或者是不同的海流交汇之处。至于北海为何也被列为世界上的四大著名渔场之一，如果不是有其他的什么原因，的确有些令人感到匪夷所思。我对海洋渔业科学而言，是个门外汉，但仅从个人的知识角度出发，判定一个海域是否为重要的渔场，需要考虑到不同的因素。譬如，渔场中资源的储量和可供捕捞的数量/产值、目标渔获物的品种和在经济上的价值，以及在空间上的范围和每年可供捕捞的时间等。此外，对于一个渔场的认知过程，中间也夹杂着历史和文化层面的因素。我猜想，将北海列为世界上四大著名的渔场之一，也许系与其周边的欧洲国家长久以来在那里的渔业捕捞活动有关。这一点，有些像当年我在上小学的时候，课本中讲到舟山是世界上著名的渔场之一的情况，系历史与文化使然。

当学生从大学毕业并走出校门的时候，应该具备一些知识和技术方面的技能、良好的个人修养与品性，以及在社会上自食其力的能力。要做到这些，也仰仗于在中、小学期间打下良好的基础。若干年前，国内的一所重点大学要求在体育课程上教授学生如何爬树，也听说过有的高等学府要求在校生学习游泳。在我看来，除非在特殊的情况下（譬如：山区的孩子没有地方/机会学习游泳），这些基本的、在个体"生物学"层面上的技能应该是在孩提时代就具备的，而不是在大学中为了提高学生的身体素质、生存技能而再去专门开设课程学习。以我个人的观察，许多生物学层面上的基本技能（例如：游泳、爬树、摔跤、骑自行车等）在孩提的时代学习进步会更快一些。而且一旦掌握了这些生存技能也将会终身受益。而同样的东西，若等到成年之后再去学习，会变得更加困难一些。例如，小孩子之间在通过玩耍和打斗中学会如何在一个群体中和谐相处，并逐渐掌握日后在社会上行事的技巧、做事的分寸。孩子的一些行为在大人的眼里面是"调皮捣蛋"或者"离经叛道"，却是他们头脑中思想火花的释放，只不过这些调皮的行为需要大人从社会道德和规则的角度出发进行约束。在生活中，我们不应当对孩子们的"调皮捣蛋"无端地进行指责，或者采取"因噎废食"的简单和粗暴的态度。恰恰是，孩子们在从大人给予的约束中汲取"教训"，并且逐渐学会处理好日后在社会上行为的界限。此外，作为教育工作者也应该认识到，孩子们的这种"调皮捣蛋"是同其日后具备的"冒险精神"有着密切的联系的，这种"冒险精神"将会是一个民族发明与创新的持续原动力。

聪明的孩子也是要"捣乱"的，对于他们的"出格"，需要给予宽容，适当地加以呵护。美国的麻省理工学院（MIT）和加利福尼亚理工学院（Caltech）应该是世界排名前三的理工科院校。2006年，我到麻省理工学院做带薪休假时，于校报上看到如下的一则故事。起因是在一年前（注：2005年）的秋季暑假之后的开学期间，Caltech的学生在MIT的校园中，给入校的新生分发免费的T恤衫。那T恤衫的样式与图案和MIT的风格很是雷同，不仔细的话看不出两者之间的微细差别。但是，有人注意到在T恤衫背面印写的语法中的诡异："我之所以来到MIT是因为没有去成Caltech。"此举引发了MIT在校学生们的愤怒。作为报复，在转年的4月份，一群MIT的学生通过仿造公关文件和提供虚假证明的方式，瞒过了校方的保卫机构和把守的门卫等，将位于西海岸的 Caltech 校园中的一门大炮给"偷"了出来，并且横穿美国大陆，一路运抵位于东海岸的 MIT。那是一尊曾经在美国独立战争中发挥过重要作用的山炮，具有 200 多年的历史，堪称是 Caltech 的"镇校之宝"。据说，这件事情的结果是双方的校长在经过协商和沟通后，决定对此事不再加以追究，对涉事的学生也不做处理，相互谅解，息事宁人。

我家的小妹只在公立制的小学和普通中学接受过九年的义务教育，然后进入了一所技校学习。她从课本中学到的关于西方科学与社会发展的知识应该比较有限，且据我所知其出门旅行的经历也很少。许多年前，有两个我在国外读书时的同学到中国来旅游，顺便在我们家小住几日。一日，我与母亲在厨房做饭准备招待这两位国外的同学，听到小妹与那两位到访者在客厅中谈得火热，中间出现了语言沟通的困难要我去做个翻译。原来，他们正在谈论的话题是关于英国人艾萨克·牛顿（Isaac Newton）的"苹果从树上落下"和"万有引力"的事情。令我惊诧的情景是，虽然双方谈的是同一件事情，但是人名却对不上。在中文的教科书中，Newton 被翻译成了"牛顿"，当我妹妹用笔写在纸上时，外国同学不认识。同样，当这两个国外的同学讲起 Isaac Newton 的时候，我妹妹又不知道在说些什么。于是乎，双方都急得抓耳挠腮，连比带画、不知所措。在我们关于世界历史的教科书中，重要的人名、地名和事件等都被翻译成了中文，却没有英文注释或者原来母语与之对照。这使得我们在理解和学习国外的地理、文化与社会的发展历程时，可能会出现一些偏差。我想，小妹与国外的同学之间交流困难的部分原因也在于此。

这件事不是我在耸人听闻。2018年秋季，我在赴赤道西太平洋的出海观测期间，在科考船上以随机的方式问询了10名研究生关于17世纪至18世纪英国的物理学家"牛顿"的英文全名是什么，结果无人能够告诉我确切的答案。这10名研究生，大部分正在学习同物理学有关的专业，例如物理海洋学和大气科学。我觉得不应该为这件事情责怪自己的学生，对于具有一定普遍性的问题，需要做的应该是更多地反省我们的教育缺憾。此外，我们关于世界历史的教育也很薄弱，不能够适应中国今天在国际上广泛开展经济、文化、教育、宗教、自然科学等众多领域的学术交流的需要。同样的，在我读书的那个年代，我们对中华民族历史的理解也存在着少量偏颇之处。譬如，我所读过的教科书是围绕着以汉族的朝代更迭为核心来勾画历史的轮廓，对整个华夏大地上少数民族的文化、技术、经济和社会的认知则很是欠缺，对我们周边国家的或者说具有地域/缘的历史关系的重要内容在教科书中的涉及就更少。在这方面，我们远不及国外的学者。比如，我自己关于历史上唐朝的玄奘去"西天取经"的知晓程度，仅限于据称由明朝的文学家吴承恩撰写的那本带有神话色彩的小说《西游记》。若干年前，我同一位印度裔的同事谈起关于玄奘赴"西天取经"的事情，他居然能够很清楚地讲出当年玄奘一行旅行的路线、在印度逗留的地点和所做的事情。听罢，我无地自容。

类似上述这样的事例还可以举出一些。我在上学期间，外文课教师曾经在课堂上讲过如下的一则故事：英文的"Galaxy"一词在教科书中如今都被翻译成"银河系"，但是银河系在英文的作品中还有其他的名称，譬如有时也会被书写成"Milky

Way"。然而，在早期的一些国语的学术文献中，出现过将"Milky Way"翻译成"牛奶路"的，现在看来颇为滑稽。

我们作为教师的失败之处，往往在于没有深刻地反省那些对自己灵魂产生过震撼和在内心里产生过深深共鸣之事，并用之于教学和研究当中，而仅仅是在课堂上照本宣科。然而，对于学生而言，由于在年龄和阅历方面的差别，情况未必如此，或者说对科学与社会的认知未必相同。这一点，我觉得在大学的教育中是应该予以注意的。

我们现在的教育体系，使得从大学里面走出来的毕业生既不适合踏上社会做工程师和技术人员，也不能够称职地做研究。我们在大学教育中的课程设计和学生培养的模式，在过去的二三十年中几乎没有什么脱胎换骨的变化。就目前的情况下，若就数量来说，博士去科研单位做研究或者留在高校中做教师都绰绰有余，更不用说是本科毕业生了。从另外一个角度，在中国改革开放的几十年中，社会上需要大量的熟练工人、技术人员和工程师，然而我们以传统格局培养出来的大学毕业生在这方面的能力还有欠缺。所以在我看来，面向工程师和技术人员职业的大学本科教育应该采取"3＋2"或者"4＋1"的模式，即三年或四年的大学基础教育加上两年或一年的实践技能培养，使得学生在本科或者研究生毕业后能够热爱并从事技术岗位上的工作。我相信，如果我们仔细思考这个问题，一定会找出更好的解决办法。在现在的高等教育中，有些人在大学毕业时仍然不知道自己应该或适合做些什么。看到别人去读研究生，也就懵懵懂懂跟着去凑热闹，根本不明白在这社会上究竟做些什么样的事情可以实现自己的价值，或者说可以靠什么谋生存。在十多年前，我们实验室里曾经接纳过一个研究生，权且称作小F。在入学不久，小F就到办公室里面来找我，说是打算做硕博连读。那时，我们恰巧也有一些珊瑚礁的钻孔样本，需要分析里面的铅和硼的稳定同位素记录，借以认识近岸地区人类的活动对热带生态系统的影响，以及纪录海水中的pH变化。我们满怀期待地说服小F利用这些珍贵的珊瑚样本做一个博士研究论文，他本人也同意。但是后来我们注意到，小F本人的兴趣并不在对科学问题的探索方面。在接下来的几年中，小F进入实验室做研究的时间恐怕不超过10次，更多的是在宿舍里面玩电子游戏或者沉迷于上网。最后，这位学生不得不采取肄业的方式离开学校。如此，小F在几年的学校生活中既浪费了纳税人用辛苦赚来的钱提供的助学金，也荒废了自己大好的青春年华。

我曾经对比过江苏和上海等地区高中的数、理、化课本与全日制公立大学一年级的教科书。若仅从内容上看，目前高中课本的内容已经有了很大程度的延伸。譬如，在高中的数学课本里已经讲到了雅可比的坐标变换，这本是当年我在大学里读书时的高等数学课中第二学期讲授的内容。高中的物理和化学在课本的深度方面也有了显著的提升，与大学中用的教科书在内容上多有重叠。如此，当高中生通过高考进入大学后，发现在高等学府中又将在中学阶段学过的知识"温故"了一遍，难免会产生厌倦并懈怠下来。

我们不妨问自己一个问题：与西方国家相比，为什么在这世界上我们的孩子们在小学和中学阶段都很出色，但到了大学阶段有的同学就落后了呢？在我看来，孩子们在小学和中学期间尚处于身体成长和发育的重要阶段，我们要求他们花费大量的时间和精力去读书，牺牲了身体成长与心智发育中所必需的玩耍、锻炼（注：生物学的个体角度上的成长），待到进入大学，本应该是刻苦读书的时光，却松懈了下来。我家的孩子豆豆，在小学二年级的时候随他母亲在德国生活过一年。在德国的小学里面，豆豆的数学和英文因为是在国内接受的教育，相对比较超前，但是，豆豆在体力、生活自理与合作精神等方面却远不及同龄的德国孩子。后来，豆豆在小学三年级的暑假期间又回到德国去看望他当年的那些同班的小伙伴，孩子们在一道玩耍自然很是开心，但是，豆豆在体力上已经明显较他的那些德国同学们逊色了许多。所以，孩子们在小学和中学期间需要更多的玩耍时间，这也是孩子们学习在一个群体中如何与别人和谐相处的重要过程。此外，我们大学课本里面的内容也要根据中学的授课情况适当地延伸，以便在两者之间实现更好的衔接。

2019年的春节期间，我与家人随一个旅行团到浙江的建德地区做一个为期三天两晚的旅行。那次旅行的队伍中包括12个家庭，连同领队和司机共计37人。在这两天的旅行中，我们访问了农夫山泉的生产工厂，新安江上的水电站大坝，浙西的新叶古村、航空小镇等景点。在那次颇为愉快的旅途中，在我旁边的座位上是一个年龄为8岁、上小学二年级的男孩。那孩子个头不高，长得虎头虎脑的，挺结实，很是可爱。在整个旅途中，邻座的那个小男孩表现活泼，踊跃地参加包括由领队组织的游戏和猜字谜比赛，同邻座的小孩子一道学习玩"魔方"，一路上笑声不断。当那孩子在大家面前介绍自己时，态度热情，性格开朗大方，不像别的小孩子在陌生人面前比较腼腆。大家尤其注意到，小男孩在草地上放风筝和空旷的场地上开"卡丁车"的活动中表现出彩，运动的特长和身体的协调能力明显地优于其他同龄甚至年龄更大一点的小朋友。然而，就是这样一个活泼、在我看来颇有天赋的孩子，当我们乘坐的大巴将要抵达回程的目的地（上海）时，却在座椅上突然号啕大哭，弄得家长和周围的乘客们面面相觑，一时间不知所措。我极力想用语言安抚那个男孩，却总不奏效。后来，那孩子的母亲好容易弄明白了原委：孩子哭泣是因为想到在旅行结束之后，回到家里尚需要完成20页篇幅的假期作业。看着那孩子年幼的身体蜷缩并藏在车上座椅的角落里面，随着哭声一阵阵地抽搐着，我在内心中感到一阵阵的痛。我们的教育一定在什么地方出错了，以致令这幼小的心灵对于学习产生了深深的恐惧。去学校读书本应该是一件开心的事情，但对于眼前这名年仅8岁的孩子，在教室中学习显然已经不是一种欢愉，而是成为一种负担。接下来发生的事情恐怕是，孩子会在心底厌恶学习。在孩子的家长眼里，这种情况显然也不应该是教育的初衷。成长是一个漫长的过程，想到今后这孩子恐怕还要在他不喜欢的学校里面接受10年的教育，就令人不寒而栗。而且，我怀疑这样的事情恐怕也不是个例，我们的确应该很好地反省教育在做些什么以及我们究竟是在培养什么样的接班人。

我们的社会需要给每一个孩子创造发挥其"特长"和"天赋"的机会，提供其展露才华的环境，而学校本身也应该是孩子们成长的沃土。教育通过学校、家庭和社会实施富民强国的理念。尤其是教育的社会功能之一应该是发现孩子们的内禀，并且为其成长提供一种有针对性的和系统性的训练。显然，我在2019年春节期间的旅游途中见到的这位小男孩，若是他在竞技运动（譬如：赛车）方面有所特长的话，极可能会在今后的若干年里于学校的应试教育和无尽的作业之中被"毁"掉了。

这岂不是我们国家的悲哀？

回到本文的开头，教育的责任之一应该是帮助消除和摆脱社会上的贫困，缩小城乡之间、沿海与内陆的偏远地区之间的差别。就这一点，教育无疑应该成为我们这个社会进步的发动机、文化变革的催生剂。在我们这个星球上，那些富庶的国家里面，公民的受教育水准普遍比较高，不同地区之间在物质和精神文化层面的差别也显著地小于那些贫困与欠发达的地区/国家。然而，如果我们不能够很好地注意在经济迅速发展、年轻人向沿海和发达地区的流动背景下所产生的整个社会对教育所提出的新的要求，那些被留守在偏远地区的孩子们的成长将成为我们所面临的挑战。在过去几十年的改革与开放的洪流之中，教育的资源随之产生了重新分配。伴随着不同地区之间在GDP上的差别，教育资源的优势更多地集中在沿海与发达地区。在大学里，教育的投资与研究项目的规模等，均出现了在沿海和发达地区高于内地和偏远地带的现象。"孔雀东南飞"，优秀的生源、师资也出现了由内地向沿海地区流失的问题。如此，教育这个"发动机"将不能够发挥其应有的作用。特别地，大学的社会功能也将黯然失色。对于这样一个局面，我们不能再熟视无睹。

此外，由于受到传统文化的影响，我们社会上的许多人"望子成龙"心切。更有许多人希望通过孩子的努力，实现当初在自己心中曾有过却未能够实现的理想或者梦想。想想看，我们在孩子打小的时候就教育他们在学习上要去竞争，要比拼成绩，后果可能是孩子将成为一个听话和乖巧的"机器"，为人处世习惯计较个人得失，甚至宫于心计，缺乏合作精神，以至于丧失了独立谋生和日后在社会上展露自我的能力。

在 2020 年的暑假期间，我随学校的一位做教育学研究的资深教授前往云南的寻甸做一项关于当地中学情况的调查。在一周的时间里，我们考察了位于乡镇与县城的几所中学的教学和生活设施，通过与教师们的座谈了解了学校的情况，走访了学生的父母，察看了不同的家境。期间，我们也与寻甸县教育局的分管领导和在一线任课的教师们一道开了会，咨询关于中学教育改革的意见。尽管当地的同事和领导们的热情与照顾使得我们的旅途颇为愉快，但是调查的结果却令我内心沉重。

寻甸系一个少数民族聚居的地区，隶属于昆明市。在调查中，我们注意到，当地的初中生在毕业后的升学通道很窄，升学率相对于东部沿海地区也比较低。在 2016—2020 年，寻甸的乡镇中学的初中毕业生未能够继续在学校就读的数量达到了 15%—20%。据说，那些未能够继续进入高中阶段或者技术学校就读的孩子，大多数的家庭经济状况较差，其中又以父母外出打工或者离异家庭的孩子居多。这些未能进入高中/职业学校继续读书的孩子，大都选择了外出打工、务农、低龄结婚生子，乃至在社会上游荡等。此外，进入高中阶段就读的学生主要集中在普通高中，职业中学就读的学生比例低至 20%。尽管就全国范围，中等教育的办学条件已经明显好转，但是在像寻甸这样的偏远地区，中学生的生活设施较之沿海地区仍显简陋。我们在调查中也注意到，十几个学生挤在一间由教室改造而成的宿舍之中，且在酷暑的日子里房间中没有空调；教学楼中也缺乏配套的公共卫生设施，在短暂的课间，学生们蜂拥至操场附近仅有的一处半露天厕所；等等。

在边疆地区，中学还面临着诸如教师的年龄结构偏大、人数不足等困难。仍以寻甸为例，普通初、高中的一个教学班的学生数量可达60—70人，显著高于东部沿海地区。当地中学里的生师比达到16∶1，高于全国平均水平的13.4∶1。在寻甸县城的一所中学中，具有专科学历的教师数超过总数的10%，年龄在45岁以上的教师占比超过60%。在此次调查中，我们也注意到，当地高中阶段的人均办学经费显著低于初中（注：初中阶段属于国家推行的九年制义务教育），已经成为制约和影响当地高中教育的办学水平提高的重要因素。因为地处欠发达地区，当地高中阶段办学的重要经费来源系收取学费，这也使得那些原本经济比较困难的家庭中的子女在高中阶段时，经济负担加重。

回顾过去，我们的大学教育本身也是存在一些欠缺的。譬如，我们对孩子们的教育中常常讲究要"明辨是非"，好像这世界上的人或事物只有敌友之分或者对错之别。因此，我们在社会上对周围事情的应对显得僵硬和呆板，也不能够适应国际舞台上复杂的局面和多变的环境。这种教育上的缺憾也影响到随后我们在日常生活中或者社会上处事的文化方面。在学术界，当我们在对一个项目进行评审，或者就某一件事情发表不同意见或批评时，就会被一些好事者有意无意地同当事的对象本身挂起钩来，被认为是对某某的不满乃至得罪了某人。殊不知，在社会乃至国际的政治、学术、经济和外交舞台上，除了黑或白色之外，大部分的颜色是灰色的。即便是敌或友，也是在一定的时间和场合的情境之下。据说，当年法国政府决定同中华人民共和国建立外交关系的时候，时任总统戴高乐同中国台湾地区派驻到巴黎的最后一任"大使"之间有一段谈话，中间谈到"没有永远的敌人，也不存在永久的朋友，在这世界上最为重要的只是关乎国家的利益"之名言。其实，在这一方面，西方的教育理念和培养制度倒是给我们提供了可以借鉴的样板。譬如，美国的记者兼传记作家托马斯·哈格（Thomas Hager）在《鲍林——20世纪的科学怪才》（复旦大学出版社，1999年）的书中记述了在1963年的4月下旬，鲍林（Linus Pauling）一家应时任美国总统的约翰·肯尼迪（John F. Kennedy）之邀，前往华盛顿特区参加为全国最具有创造性的知识界人士（其中也包括持不同政见者）举办的宴请活动的经历。托马斯·哈格在书中写道，在华盛顿特区逗留的那几日，鲍林在白天身着衬衫、领带，在白宫的外边参加反对美国恢复在大气层进行核试验的抗议活动；晚上，则换上参加宴会的礼服正装，携家人去白宫参加肯尼迪总统的招待宴会，且在席间同总统夫妇言谈甚欢；等等。当时在场的一位记者拍下了鲍林参加示威游行活动的照片，并稍后在洛杉矶的报纸上刊登了出来。在照片上，走在游行队伍中的鲍林的手中高举着一块木牌，上书"肯尼迪先生，我们无权试验"（Mr. Kennedy, We Have No Right to Test!）。

2019年的深秋，我在孟加拉国旅行期间，曾经在坚德布尔（Chandpur）的一所学校门外的围墙上看到一些先贤和哲人就教育方面的名言和语录。譬如，粉刷在校园围墙上的苏格拉底（Socrates）的名言是"Education is the kindling of a flame, not the filling of a vessel"（"教育不是简单地将一个容器填满，而是点燃一盏火炬"）；孔子提倡的是"Learning without thought is labour lost, thought without learning is perilous"（学而不思则罔，思而不学则殆）；泰戈尔（R. Tagore）说的是"Don't limit a child to your own learning, for he was born in another time"（"不要用你的知识去限制一个孩子，他属于未来"）。此外还有其他名人的语录，包括爱因斯坦、莫罕达斯·甘地（Mohandas Gandhi）、福特

(H. Ford)和康威(L. Conway)等,在此恕不一一枚举。我觉得先前的哲人大都从对智慧的启迪的角度论述教育对个体的重要作用,但是仅仅如此还是不够的。我们的话题不应该仅仅面对个体,还应该或者更加需要关注接受教育者的整体修为。我认为,这才是教育作为推动社会进步的引擎的魅力所在。此外,教育的作用还应该包括其他的方面。譬如,教育在孩子成长的过程中对其品行的引导,特别是对其日后在社会上的个人修养的提升。一个人在社会上的行为和举止、影响力与亲和力(注:此处系指"情商")等,都会对其头脑中智慧的火花在日后的燃放产生重要的影响。由此,教育也不应仅仅停留在课堂上的知识传授和解惑,还应该包括个人情操的训练。教育也应该包括在社会上通过文化和处事对孩子们的历练与熏陶。特别地,被教育家们常常忽视的一点是,所谓的智慧火花的燃放与创造力的爆发都仰仗于在社会上的成长环境、机遇和对机会的把握,后者也同个人的修为有关。这正如同将一支点燃的蜡烛变成一堆熊熊燃烧的篝火一般,需要足够的干柴和空气维系,需要空旷的场所与晴朗的天空作为背景。一个人思想智慧的释放、创造能力的发掘以及其在日后所发挥的作用也与其所处的时代、生活的环境,以及国家的技术与工程实现水平等各个方面的因素有关。所以,从这一点出发,教育紧密地注重于个体也是不够的,而是需要以同样的态度关注在社会层面上的效果和接受教育的群体,即如何为大众服务的问题。

说到这里,我们也不应该忘记大学与中、小学教育之间的差别,或者说侧重点是不同的。在小学期间,除了注重孩子们的身体发育之外,应该培养他们的好奇心,即"为什么";在中学期间,除了体魄的训练之外,针对学生的冒险精神和世界观的培养也是非常重要的。大学接受的是中学教育的直接"产品"。进入大学之后，除了对科学和技术领域的系统训练之外，掌握方法论、具有社会责任心、接受挑战的能力和应对失败的勇气也是不可或缺的。从这个角度出发，中学期间注重的应该是个性的培养，以个体对象为主。在大学里面，除了知识的传授之外，我认为更为重要的则是要强调文化的熏陶。在一个国家之中，大学应该是提供一流人才成长所需要的土壤。而且，从教育和研究的差别角度也需要如此。在我所接触的学生中间，许多人当年在参加高考之后填报入学志愿时，所选择的学校和专业都是受到中学的教师（例如班主任或者校长）的"点拨"，或者对在大学中某一个科目的喜爱甚至作为谋生的职业也是因为在中学期间来自教授相关课程的老师的影响。

曾几何时，国内的大学都很在意所谓的"排名"。好像国内外的某些个学术机构根据人为构建的若干指标对国内的大学进行测评，其结果就成了左右高等院校发展的"达摩克利斯之剑"，并因此也影响到国家的教育部。根据一些个测评指标，国内的大学就被分成了"三六九等"，其所获得的办学经费和受上级政府部门的重视程度也受到干扰。在我看来，政府或者民间机构对不同大学之间的评比应该注重在专业的层面上，即对大学的考评是建立在学科评分的基础之上。这中间，不仅仅要考量学科的规模，也要关注办学的历史、环境和条件，更要计算产出与投入之比等。在某些情况下，甚至学科所在的地点也都应该纳入评比的范畴。不然，身处沿海或者发达地区的一些高校，会凭借着相对充裕的办学经费，打造一些本不应该设立的学科，并且利用当地良好的生活条件和工作待遇，将内地和边远地区的研究机构进行淘洗，造成无端的"人才流失"，即所谓的"孔雀东南飞"。如此,也正应验了在社会学与经济学领域中著名的"马太效应",其中核心的意思是"凡有的,还要加倍地给予;没有的,连其以前所拥据的也要剥夺过来"。这样,势必会造成国内的大学在空间格局上出现甚至强化了两极或者多极分裂的现象。

大学的生活与文化烙印

我曾经与周围的同事讨论过这样一个问题：我们在大学里寒窗苦读若干年之后究竟学到了什么？出于职业的原因，我也问过自己：在大学里，我们应该传授给学生的究竟是什么？

在西方的一些国家里，那些政界、商界的精英们，社会上和学术界的成功人士，往往都具有相似的接受大学教育和成长的经历。我觉得，这中间除去他们个人的天赋、秉性和人生的机遇之外，在哪里和接受什么样的教育对于日后在社会上取得的成功应该也是一个重要的因素。换句话说，我们是否也可以这样解读：一个年轻人在哪里学以及学什么对其走出校门并于日后在社会上的发展非常地重要？

假如上面的陈述得到认同，那么"在哪里学习"应该是同大学在社会上的影响有关，而"学习什么"应该是同学生入读的专业在社会上的需求或者说是认可度有关。其实，在我看来这两者都可以理解为在学生身上所背负的大学烙印，而这种文化的影响就是大学在社会上的使用价值。贴有这种价值标签的学生在社会上的竞争中相对于其他人士具有更大的优势，受到这种文化烙印标记的学生在能力和个人才华的发挥方面常常较其他人士具有更好的表现。在一些社会人士眼里，在哪里学习可能比读什么专业更为重要，而对两者的权衡又胜于对学生个体潜质的发掘。毕竟一个人的能力和才华往往需要在日后通过漫长岁月的磨炼才能够体现，中间需要时间和实践。问题恰恰是，在大多数的场合下我们不具有这方面的耐心，或者所处的环境不允许这样做事情。

在这方面，我本人也是亲身经历者。我曾经以为，一个人的本科学历并不重要，通过研究生阶段的教育可以充分地发掘出年轻人的潜质，使其"脱颖而出"。但是，我似乎是忘记了一点：一个年轻人在此前的10年中甚至20年的时间里养成的生活习惯、做事风格，以及所受学校文化的烙印很难在研究生期间的3年或者5年之中就发生脱胎换骨的转变。事实上，就这一点来说，我自己所做的努力常常不成功。

许多年之前，我工作的实验室中有一位来自地方院校、名叫小S的学生。他在做研究生的毕业论文期间，我们曾经一道去过崇明岛上东部的潮滩，观测那里不同类型的植被对化学元素行为的影响。有一次，我们出于对年轻人培养的考虑，派遣这位学生到青岛去参加一个学术会议，并请他顺便带一些样本给我在那里的同事。结果，这位仁兄在青岛站下火车时，只将自己的物品随身带到了下榻的酒店，而将我们委托其携带的样本遗留在了车厢里面的行李架上。我知道此事后，还专门从上海打电话去青岛的火车站请求对方协助寻找，得到的答案是在头一天的下午，列车员在清扫车厢时将其作为无主遗弃的物品给处理/丢弃了（注：后来，我自己也犯过类似的错误。在一次从北京前往位于南极半岛上的长城站的旅行途中，我在巴黎转机时，将随身携带的一台测量水质变化的设备遗忘在机舱中。后来，经同事的提醒才回想起来，随即逆行"冲"回尚停靠在廊桥边上的机舱并将其取回)。这件事情令我非常地恼火,直到今天回想起来都觉得懊丧。因为这些丢失的样本已经永远地不复存在了,无法弥补。也就是自那时起,我开始感觉到在不同学校培养出来的本科毕业生之间的差别还是很大的。在过去的20年中,我们实验室的确有一些学生因为达不到博士或硕士学位的基本要求而肄业,其中除了学生和我本人的主观因素外,回想起来,恐怕也与其在本科教育期间就读的大学里面的文化有关。

现在来看,过去几十年中推行的独生子女政策给我们现行的大学教育带来了很多的问题,但这些问题未得到充分的重视,亦无人开出予以解决的药方。在学生进入我所在的实验室开始他们的研究生阶段的学习时,我通常会先找个机会与这些学生聊天,了解其生长的环境和接受教育的背景。令我感到十分惊愕的是,一些从农村出来的孩子在接受大学教育之前,竟然从未有过在田地里面帮助父母做事情的经历。

我们说,科学研究是民族智慧之间的竞争,是一种横向的比较,而且很残酷。但是,很多教师对一个年轻学生的成长评判却更多地着眼于纵向的变化,即同个体的过去进行对比。其实,即便是在一个国家的内部,不同的地区和部门、单位之间,只要存在着竞争,都是一种横向的比拼。因而,由于大学文化之间的差异留在学生身上的烙印的不同,这些学生在社会上的生存状态与他所具备的竞争能力就会或多或少受到直接的影响。

我在中学期间,就读的是当地一所非常普通的学校。在接受高等教育的近10年之中更换了数个学校乃至不同的国家,对不同学校之间的文化差异有一些理解。我以为,如果仅仅从通过考试选拔学生的角度出发,获得测试成绩第一名的那个学生极可能来自一所一般的学校，而来自名牌中学的学生却会在前20%中占有绝对的优势。从个人发展的意愿，我们很在意自己是否在那前1%或者10%的范畴，而从社会对教育是否成功的考量的角度，恐怕更看重的是前20%甚至40%出自哪里。处于不同的环境，我们对成功的评估价值观也是不同的。所以从社会的角度对毕业生进行选择时，依循在哪儿学和学什么进行判别，往往比从学生个体之间的差别进行甄别更为保险一点，同时也具备更强的可操作性。这中间所看重的恐怕就是大学文化在毕业生们身上留下的烙印与毕业/学位证书上加盖的那枚红色的印章。

我们社会上的风气转变也会对大学的文化产生直接或者间接的影响。就像地方上在修建庙宇时讲究有一个排场大的山门，许多大学的校门也十分壮观。在我看来，我们有些大学的校门并非为了广大师生或者社会公众的出行便利而修建的。这种情况，多少也映射出一些教育和学术机构的官僚化。我的理由之一是，在大学的校门中间，通常是留给车辆进出的通道，众多的师生，以及步行或骑自行车者统统都必须走旁边的侧门。有时，社会上的人士或者家长到校园来，想要在校门的前面摄影留念，待的时间久一点，便会遭到门卫或者保安的训斥和驱赶。更有甚者，我听说一些学校的校园对于校外人士而言，进出要收取费用，他们似乎忘记了我们办学的费用乃出自这些百姓缴纳的税收。在国内众多大学的校园之间，我比较欣赏浙江大学设在玉泉校区的校门。在那里，步行和骑自行车的师生都是从位于校门中间的主干道进出的，而出入校园的车辆等无论是谁，都需从校门的侧面绕行（图2）。我猜想，作为浙江大学的学生，当年从这样一个校门进出时，那种"主人翁"的自豪感必是其

图2 位于杭州植物园附近的浙江大学玉泉校区的校门。校门正中间是供师生与行人进出的通道，机动车辆在入校时需绕行两边的通道。在校门对面的路口处，矗立着一块牌匾，上面有曾经担任过校长的竺可桢先生书写的校训。

他学校的学生所不能够比拟的。在校门外边的马路对面，有一块石碑上刻有前校长竺可桢在当年为浙江大学书写的"求是精神"，以及"诸位在校，有两个问题应该问问：第一，到浙大来做什么？第二，将来毕业后做什么样的人？"如今在我看来，悟出了上面两个问题的内涵，也就为自己贴具了大学的文化标签。

归纳起来，我们从将一枚徽章别在胸前的衣襟上的那一刻起，就与在读的大学之间达成了一个契约。作为学生，我们接受课堂与实习中传授的知识，遵从校园中的文化氛围。在离开学校之后，那枚曾经的校徽如同影子一般伴随我们终生，时时提醒我们在社会上注意个人的修养、担负起肩上的责任。

遵守规矩与无知者无畏

我觉得在任何具有工业性价值的行为中，都必须满足相互联系的几点，包括对操作者是健康的且不损害环境、最终的产品对于消费者来说必须是安全的。这其中包括小至我们在车间中加工一个精密设备的零部件，大到保障国家的核反应堆与航天发射器的正常运行安全。

1986 年 4 月 26 日发生的切尔诺贝利核电站的爆炸事故已经过去将近 40 年。据说，那是人类有史以来灾难最为严重的核电站事故之一，它总共造成接近 10 万人伤亡，另外有几十万人受到不同程度的核辐射伤害，附近地区受到严重的核污染。在学术界反省 1986 年 4 月的"切尔诺贝利"核电站事故的原因时，我们认识到，除了当年在核反应堆的设计方面存在一些缺陷之外，现场的工作人员在对 4 号核反应堆的汽轮机组进行例行的检修时没有按照规章和制度进行操作，以及在事故发生的早期处置不当等也是导致悲剧最终发生的重要因素。正如美籍乌克兰裔学者沙希利·浦洛基（Serhii Plokhy）在最近出版的《切尔诺贝利：核灾难的历史》（*Chernobyl：The History of a Nuclear Catastrophe*）一书中所指出的，在当时的东、西方国家阵营之间的冷战背景之下，人们采取了一种"我们无所不能"（"We can do it no matter what")的处世态度。在上书中,浦洛基对切尔诺贝利核电站的爆炸及其后续系列事故进行了总结,并将其归纳为以下的几点:

第一,管理阶层在决定对有问题的4号机组进行例行检修和相关的实验之前没有制订一个完备和仔细的工作计划;当遇到问题时,缺乏一个储备的应急预案和必要的预防措施。

第二,工作人员在操作过程中,未能够严格地按照规章和程序办事,随意性比较强,以至于当事故出现之后,一时间原因不明,采取的措施也不得当,使得早期"灾难"的后果又被人为地扩大了。

第三,不同部门之间的信息流通和传达渠道的不畅通。一些人出于某种"公"或"私"的目的,搪塞或推诿,"有意或无意"地掩盖了事故的严重性,以至于从政府的角度采取的应急行动严重滞后。

第四,整体上,从中央到地方政府的各个部门对核电站可能出现的事故缺乏充分的准备与应对方案。例如,在对事故发生地点附近的普里皮亚季(Prypiat)的居民进行紧急疏散时,由于缺乏必要的防护措施,放射性污染物进一步(二次)扩散。后来,1991年11月,一个由苏联核化工科学家组成的事故调查委员会认定,切尔诺贝利核电站的1号—4号以及当时尚未完工的5号机组采用的RBMK-1000类型的反应堆存在设计上的缺陷。此外,也有专家披露,在反应堆的建造和施工过程中,所用的一些材料质量达不到设计要求;在基建的过程中随意性也比较大,未能够严格地按照图纸进行施工。这些都是核反应堆机组出现故障时,操控人员未能够及时和有效地应对突发性的事件、未能够迅速地采取切合实际的保护措施的暗藏不安全因素。

其实，如果留意一下每一天在我们的周围发生的事情，诸位就会注意到这中间有很多做事不按规矩或者说"胡来"的情况。只不过，在大多数的情况下，这些"不按规矩做事"和"胡来"都没有导致诸如上面所讲到的、发生在30多年前的切尔诺贝利核电站的4号机组爆炸那样惊天地泣鬼神般的后果。

在20多年前，即1999年的2月下旬，温州的附近上空发生了一起严重的空难事故（"温州2·24空难"）。当天的下午，从成都飞往温州的西南航空公司的SZ4509航班（注：飞机的型号TU-154M、注册号为B-2622）在距离温州机场不到30公里的地方，发生了坠机的悲剧。该次事故直接导致飞机上的乘客连同机组乘员在内的61人全部遇难。据说，在事故发生的地点，农田遭受到失事飞机的剧烈撞击，形成一个直径15米、深度3—4米的大坑，周围溅落的泥土堆积物达2米多高。在许多年之后，我从互联网上查看到披露出来的消息称，飞机失事的原因系工作人员不按照规章做事，在TU-154M/B-2622飞机的升降舵操纵系统中错误地安装了不符合规定的自锁螺母，在例行的检修中又未能够及时发现并予以纠正和更换。在随后的飞行过程中，那只错误安装上去的螺母被旋出，连接螺栓脱落，导致飞机俯仰姿态的操纵杆失效，是一起特别重大的责任事故。①

在对"温州2·24空难"的调查过程中，专家组发现位于飞机尾部的垂直机翼上部的一个摇臂有异常情况。该设备是一个三角摇臂，其上端与升降舵助力器连接，下端通过拉杆与驾

---

① https://www.163.com/dy/article/HQLUTR4R0553SE9X.html.

驶杆的俯仰操纵系统对接。正确的连接方式应该是采用特殊的螺栓——花螺母加开口销子。然而，在对事故的分析过程中，专家发现那个摇臂与拉杆之间连接的螺栓上安装的螺母是自锁螺母，且螺母较之螺栓的尺寸相差1毫米，两者并不匹配。这样的螺母在使用过程中容易松动，且一旦螺母松动并脱出，与之连接的螺栓也会逐渐退出和脱落，并最终将导致拉杆与摇臂脱离。同时，事故的调查组也注意到，遇难飞机的垂直尾翼上部的摇臂与拉杆之间的连接脱开，两者之间的连接处附近有严重的磨损痕迹。难怪后来在对事故的责任分析中，有人沉痛地讲道："就这区区1毫米之差，便造成61个鲜活生命的丧失，中间还不包括飞机本身和运载货物的损失。"

在我看来，酿就这起本不应该发生的坠机事故的相关人员是以一种"修理自行车"的态度来检修和保养飞机的，或者当初在飞机出厂时，安装工程师就已经为这起空难事故埋下了"祸根"。我记得在小的时候，家里的自行车出了毛病，基本上都是自己在小院里面修理和鼓捣，有的时候难免遇到诸如缺个小零件、工具不合适等事情，于是就从家里面的杂物盒子中找出一个形状和尺寸相近的螺丝或者用一个其他"蹩脚"的工具替代。常常，人们对于自行车保养的说明书都"懒"得看，就会将自行车的零部件全部拆开，具备的就是那种"We can do it no matter what"的"大无畏"心态。对于像修理自行车这样的事情，采取上面所说的"凑合"态度，还马马虎虎地能够"混"得过去，毕竟自行车是在地上骑行的，速度也不快，即便是遇到一点什么样的故障也好应付，出不了大事。而且，就算出了事故，一般也仅仅是个人受一些皮外伤，代价也并不算大。然而，若是将这样的心态和工作习惯带入操作前面讲过的切尔诺贝利核电站的4号机组的汽轮机检修，或者是对B-2622飞机的维护和保养之中，便会有可能酿成无可弥补的大错，更会给国家财产和人民生命安全带来重大的灾难。

就在最近（注：2019年的春季学期），我在学校里面听了一个关于校园实验室安全的讲座。在会上，那位报告人举例说，前一个阶段（2018年），我们的化学与分子工程学院的一个实验室里面发生了火灾，原因是一个做实验的研究生随手将用过的"废液"直接倒入了水槽之中，里面的金属钠在遇到水时发生了剧烈的燃烧。幸好，扑救及时，不过险些酿成大错。其实，任何一个在中学期间接受过基本的化学课程教育的学生都会知道，在元素周期表中第一主族的化学元素在自然界都很活泼，其中金属钠遇到水时会燃烧，钾若遇到水则会发生爆炸。所以，在一所大学的化学实验室中竟然发生如上面所说的事故，看似荒唐，又的确匪夷所思！

在今日的社会背景之下，在像学校这样的教育和研究机构中，以往形成的文化和学术上的等级观念被彻底地打碎了。具体的，像在学科发展、人事变动这些关乎院系的前途和"生死"的严肃场合，常常变成了"群言堂"。在会上大家慷慨激昂，各陈己见，难以形成一致的意见，在会后，却没有人承担责任。或者，另一个极端是，无论在单位里面发生了什么事情，人们都觉得与其无关，觉得反正也不会影响工资和待遇。许多年之前，我曾经见识过一个比较奇葩的场景，在一所大学下属的学院层面上讨论年轻教师的引进和学科规划时，一个教研室的主任就可以因自己所在的小团体的利益，拒不执行上级的行政部门在会议上做出的、在我看来正确的议案。

这种文化和思想也影响到我们的教育。其中，一个表现就是学生在实验室中或者在出海观测中不按照规矩做事情，或者说具有一种"大无畏"的精神。曾经，我对于在实验室表现出比较强的自信心和做事情具有自主能力的研究生采取一种比较放任的态度，希望在一个比较宽松的学术氛围之下，他们能够充分地发挥才智而不至于受到来自我本人和其他教师过多的干涉。然而，很快地我就发现，在我们现行的教育体系下，一些学生所表现出来的"自信"和他们本身具有的能力、心理上的素质之间具有很大的脱节，或者说这种我看到的"自信"其实是一种盲目的自我中心主义。

20年以前，我们这里有一个被外系保送到实验室来做硕博连读的研究生。看上去，小伙子很有个性，做事情也很自信，我也希望他日后超越我们这一代成为学术界的翘楚。于是，在一个去东海陆架的观测航次中，我放言说，整个航次的准备和现场观测都由学生们自己负责，包括大到制订观测的计划，小到安排在船上做实验和值班的日程，而我在随船出海期间会做一些自己感兴趣的事情，以及保障学生们在海上工作的安全。后来，在那个航次上还是出了一些小的故事和"插曲"。譬如，在后甲板作业时，两套观测/采样设备的钢缆曾经在水下缠绕了起来，但这都算不上是什么大的事故。然而，在那个航次结束之后，当大家坐在一起检查现场工作的记录和核准样本与物资的清单时，我们惊异地发现在这个航次中的所有用于测量溶解态有机碳（Dissolved Organic Carbon）的样本都被添加了甲醛（H-CHO）！测量水体中的溶解有机碳的含量，需要在样本采集后进行前处理，将悬浮颗粒物质分离出去。然后，为了避免微生物的活动对溶解的有机物质的影响，还需要将样本进行低温（譬如：-20摄氏度）保存。如果现场的条件不允许，则需要加入少量的氯化汞来抑制因微生物的代谢活动而产生的负面影响。那位学生当时在做一个有机地球化学方向的博士研究论文,理应知道加入像甲醛这样的溶解有机物质会在何等的程度上引起样本的沾污。或者即便不知道,也应该就这个问题去咨询指导教师。恰恰是,这位学生擅自做主,在采集的样本里面都添加了甲醛这样的溶解有机物质,使得我们在那个航次上的所有用于测量溶解态有机碳的样本成了一堆废品!

我们实验室还来过一个从外校保送过来的研究生,权且称作"小P"。我们希望她利用实验室的一台带有多接收器的等离子体电感耦合质谱仪器,测量海水中溶解态硅的稳定同位素。一日,这位学生注意到仪器的信号有些不稳定,灵敏度也有些下降,于是她在不经与其他人商量也未请示导师并获得认可的前提下,就将石英材料(注:成分是结晶的二氧化硅)的雾化器放到氢氟酸中去清洗。氢氟酸是一种可以将二氧化硅溶蚀的化学试剂,其结果是仪器的硅测量空白增加到前所未有的高值,而且影响到对其他元素的测量,最后就连整个雾化器也都报废了。

我自己曾经有过一个硕博连读的研究生,权且称作"小H"。在刚进入实验室的时候,这位学生雄心勃勃地同我谈起将来要到国外去深造的志愿。可就是这样一个在别人眼里的"好学生",我却发现其在关于实验室里面清洗用于痕量分析的瓶子的操作都需要别人的指正。在随船出海观测期间,我们需要利用抛甩鱼竿的技术在船头采集干净的表层海水样本,小H同学自告奋勇地在鱼竿上穿线,在随后的采样过程中却是因为尼龙丝线的位置放错了,导致采样瓶的丢失。我后来发现,小H在此前并未有使用过这项技术的记录,当然应该也不知道如何在渔竿上穿线，居然就敢去做，而且还不请求有经验的人士帮助检查。我有一个印度的同事，他在退休前曾经担任过海洋研究所的副所长的职位。在十多年前我去印度做学术访问时，我们两人曾经有过一次比较推心置腹的交谈。这位印度同事对我讲道，人在社会上对自然界和周围的事物应该在内心中有一种敬畏的态度和谦恭的举止，而宗教可以教育人学会约束自己。我虽然不能够完全认同这位同事的观点，但是的确在这世间应该有一些什么样的事情令我们感到敬畏，并因此而不至于在社会上和生活中为所欲为。

回想我自己和这些年周围的学生的成长过程，其实每一个人在年轻时都会犯这样或那样的错误，捅出各种各样的"漏子"。关键是，我们需要将所犯的错误限制在一定的界限之内，能够知道和预测可能出现的后果，不要让事情发展到不可收拾的境地。我觉得这种控制界限和预知后果的能力就与学生受过的教育和其成长的经历有关，而教师在其中的职责应该是减少这些纰漏的出现，将学生的错误限制在可控的范围，以期不至于影响到研究工作的正常进行。

现在，请允许我再次回到"切尔诺贝利"这一个令人感到悲催的名字上。从1986年的4月到现在，已经过去了30多年。当时11.5万人被强制疏散后，那里成为一座荒芜的废墟，时至今日仍然是一座名副其实的"鬼城"。然而，近期有报道说，同样是在切尔诺贝利，那里的动植物因为不再受到人类的干预，数量和多样性都有了显著的增加。但我依旧怀疑，这些动植物是否也受到了放射性核素的沾污？毕竟，虽然当初发生事故时产生的那些半衰期比较短的放射性核素，像 Cs-134（铯-134，半衰期2.06年）、I-131（碘-131，半衰期8.3天）、Xe-133

(氙-133，半衰期 5.24 天）等应该大都已经因衰变而消失殆尽了，Cs-137 的半衰期是 35 年，大概也已经从当地的环境中消失了一半，但是还有一些半衰期很长的放射性核素仍然遗留在当地，像 Pu-239（钚）的半衰期是 24000 年左右。倘若希望切尔诺贝利恢复到当初适合人类居住的状态，恐怕我们至少还要等待 10 万年。在 20 世纪 80 年代中后期发生的"切尔诺贝利悲剧"不仅仅是在人类历史上最为严重和惨烈的核电事故之一，同时在苏联的联邦体制处于摇摇欲坠的时刻，事故的发生无疑是雪上加霜的，加快了苏联最终解体的步伐。此外，令人不能够忘记的是，后来在乌克兰独立和分裂出来的过程中，"切尔诺贝利事件"也是一个导火索，并为一些不怀好意的政客利用、推波助澜，令其发挥了在足球比赛中的那种"临门一脚"的作用。回顾这段历史，我觉得聪明的人是在从别人的错误中汲取教训并成长起来，而愚蠢的人才会自己做傻事让别人去学习并获取经验。正如沙希利·浦洛基在《切尔诺贝利：核灾难的历史》一书中所记录的，当年切尔诺贝利核电站的一位负责人和事故的受害者维克托·布里奥卡诺夫（Viktor Briukhanov）在灾难发生之前对公众媒体所抱怨的那样："我们习惯于对错误的情况不以为然，并且作为正常的事情予以接纳，这才是最可怕的！"我们都会在生活中犯这样或者那样的错误，但是有些问题的出现是不能够容忍的，有些纰漏也是不可以原谅的。因为这些错误所造成的后果之灾难、影响之严重，它们所产生的伤害和造成的损失，远远地超过了我们所能够承受的极限。就这一点而言，1986 年 4 月 26 日凌晨发生在切尔诺贝利的核电站爆炸事故应该牢记。

其实，民众对这种"不守规矩"的事情所遗留的记忆是短暂的，而这些事情在文化的历史长河中却又有着"遗传"的特点，即以不同的形式、在不同的地点不断地重复地"上演"着。即便是在我们的高等院校之中，这些在外人看来充满着"神圣"精神的殿堂，也可以找出许多这样的事例。华东师范大学在闵行的校区有一座校门正对着虹梅南路（注：虹梅南路5777号），从校门口出去后向右拐大约10米的样子就是紫龙路的尽头（图3）。从那个校门驾驶机动车进出的人士应该都是本校的教工，或者至少是以在校的工作人员为主体。很多次，我注意到有人驾车从校门出来时若遇到前方路口（注：紫龙路与虹梅南路的交叉路口）显示的是绿色左转的信号灯，就直接从虹梅南路的右侧切入并越过中间的两条直行车道左转弯，或者在此处将车辆掉头行驶。同样的，有人驾车从紫龙路由东向西行驶到与虹梅南路交叉的道口时，若遇到绿色直行的信号灯亮起，就直接将车辆行驶到路的尽头然后再右转，逆行进入虹梅南路并拐进校园。在相当一段时间里，当地的交通警察似乎对此未予以足够的重视，不屑于过问此事，或者对此类的违章行为采取了一种容忍的态度。于是，习惯在一些人的心里就演变成了规矩。有的时候，我开车从那个校门下班回家，会等到虹梅南路上允许直行的绿灯亮起，在驾车右转穿过紫龙路之后，再择地/机掉头。出校门时，若遇到的是在虹梅南路上绿色左转的信号灯亮起时，我就会在原地等待。这时，往往后面的驾驶员会鸣笛催促，甚至出言不逊。终于，当地的交警动了真格。据说，在2020年5月22日的下午，三名交通警察在紫龙路和虹梅南路的交叉道口，"逮"住了许多不守规矩的驾驶员，他们基本上都是从虹梅南路的校门驾车出来后直接在路口左转弯或者掉头的。我猜测其中大部分人是学校的教职员工。如果大学教师的处事

图3　华东师范大学闵行校区位于虹梅南路5777号的校门鸟瞰（注：图片中右前方的树荫中间）。照片是在位于紫龙路尽头的"教师之家"楼顶上拍摄的。彼时，一辆蓝色的大巴在正对着校门出口的位置停车，等待绿色的信号灯放行。显然，在位于图片中的左侧紫龙路尽头的右侧的那个校门不在十字路口处，两者之间是错位的。

尚且不能遵守规矩，那我们又何以育人？

就在我写下这段文字之后不久，上述的故事就发生了戏剧化的转变。有一位华东师范大学的校友在捐赠了400万元人民币之后，校方又通过多方的筹措，依照当初大夏大学校门的样子仿造出来了一座新的校门（注：华东师范大学的前身之一系当年在上海的大夏大学）。此项工程，连同校内的道路改造、门口的整修等，总计投入的资金是650万元左右。同时，闵行区政府又帮助对紫龙路和虹梅南路的交会处进行了大幅度的修整和改建，包括道路的拓宽和改造、将吊空的电缆埋于地下、重新设计和架设了信号灯，将原本的丁字路口改成一个斜向的十字交叉格局。

作为总结，我记得有人曾经讲过，那些被认为"不可避免"的事情一定不会发生，而"出乎意料"的事情一定会出现。在生活中，经验告诉我们前者属于"大概率"的事件，因而人们也会提前采取应对的措施，做好准备。至于后者，根据过往的经验被归于"小概率"的事件，我们认为不会发生，于是采取一种"侥幸"的心态应对。而在现实的社会中，情况恰恰是"小概率"的事情终究发生了，于是就出现了诸如30多年前的切尔诺贝利和当初的"温州2·24空难"这样令人刻骨铭心的教训。

也谈学术界的"社交活动"

小时候，我的性格比较腼腆，与他人之间的沟通能力也比较差，更不善于言辞或者交际。而且，这种在性格上的缺陷陪伴一生，我也为此付出了许多甚至是昂贵的代价。

然而，在进入中年之后，我发现自己对社交活动中的应酬产生了一种来自内心深处的抵触或者说是恐惧，更不用说是在公众场合下的抛头露面了。我也注意到某些曾经在公共场合慷慨陈词、布施/布道或说教的社会人士、政要和学术界的大腕们，他们中间的一些人在私下里显露出的个人修养或举止与其在大众面前的形象之间反差很大，判若两人。

在20世纪90年代中期，我曾经在利物浦大学工作过一年。那个学校的海洋学实验室旁边有一个门帘不很引人注意的小酒吧。每个周五的下午和傍晚，年轻的教师和研究生们在一周的工作结束之后会自发地聚在那里"喝上一杯"。中间，或者两三人坐在某一个角落里面小酌，或者五六人成群围坐在吧台边的高脚凳上畅饮。一周工作的疲惫甚至情绪上的挫败就在这聊天和说笑中消散在酒吧中，决不带到下一个礼拜去。在这种场合下，喝酒都是AA制的。但经常是，实验室有人也会为在场的其他同事点一杯酒，以示敬意，感谢在过去的时光里大家对自己的关照。我们通常喝的都是啤酒，或者酒精度数比较低的饮料。那一年，我品尝过许多不同牌子的啤酒，但相对而言我更偏爱一种深褐色、入喉时味道有些发苦的当地品牌。其实，在这周末的酒吧聚会中，大家之间的语言交流也并不都是"调侃"，关于测量数据的分析、研究的问题、实验的技巧，乃至论文的写作等，都是讨论的话题。有时，我在喝酒时道出的、在工作中遇到的难题，在随后的一周里因同事们的帮助往往会得到解决。在酒吧聊天的过程里，我也对实验室其他同事们的工作开始有了比较深入的了解。而且，时间长了这种"酒吧文化"拉近了同事之间的距离，建立起一种友情。在这看似漫无边际的聊天中，你若用心，便可在那琥珀色的饮料泡沫的中间发现思想碰撞溅起的火花。那段时间，我撰写的研究论文中的几份草稿也是在这酒吧中被实验室的同事润色和做过语言修订的。后来，我在其他地方工作期间，周末的时候偶尔也喜欢约上实验室的同事在下班之后喝上一杯再回家。回国之后，虽然也在大学里面工作，但是在校园中或附近缺乏相应的文化氛围，慢慢地这件事情就被忘记了。

在我最初的认知中，因为彼此相互认可，是朋友，才会一道喝酒，在喝酒的过程中彼此会产生心灵深处的沟通和思想上的交流，那种情感与信任融化于酒之中。而且，人们能够在生活中的私事与工作中的利益之间划出一条无形的界线，不会逾越，即所谓"朋友是朋友，生意归生意"。后来，我惊讶地发现，周边的许多人竟完全是通过在一道聚餐喝酒变成了"朋友"。此时，在餐桌上的杯盏里恐怕很难将"朋友"与"生意"区分开，于是乎公私不分成为常事。在我看来，"酒桌文化"是我们文化中的一种缺憾，应予以戒免。

曾几何时，在那些带有虚假成分的觥筹交错中，人们就商业上的投资、学术项目的分配达成一致，难免带有形形色色的交易，其中有单位的获益，也有个人的升迁，有科研的计划承接，也有项目成果的验收，似乎所有的事情都可以在餐桌上得以解决。我怀疑，在这种社交活动里究竟含有多少坦诚的内容，又有多少真实的情感和友谊？在生活中，我常常从潜意识的表现或者习惯性的动作这样的细节，来帮助自己判断周围某一位人士的修养如何。譬如，在公众场合的举止、对待上下级同事的礼数、在餐桌上的表现等，这些在不经意间透露出的动作都能够提供关于一个人在素质方面的信息。

改革开放以来，我国政府公费送年轻人出国接受教育、培训和进行访学，耗资巨大。在我工作的单位里，45岁以下具有一定教职的年轻学者，或长或短，基本上都有在国外的大学或者研究机构中学习和工作的经历。一些人回国之后更是在不同的部门担任各式各样的领导职位，或者成为某一个领域里面的"权威"。但是，我从他们的言谈举止上不仅看不到他们西式的文化教养，更不用说中国传统式的文人学者风骨。相反，一些人却把社会文化中大吃大喝的陋习发挥到了极致，并在上面贴具了"在国外学成归来"这样类似"闪光"或者"进口"的标签。看来，一个人在国外的某一个大学或者研究机构获得了一定层次的学位或者取得了一些学术上的成就，并不等同于就收获了那里的文化中的精粹，或者说受到了良好的社会熏陶。如此看来，获取一个学位或者谋取一个职位远比在个人修养层次上的提升更容易一些，但问题是人们又常常为诸如"博士""教授"之类的光环所迷惑，以至于将学位与文化教养之间用等号连接。我有一位同事和朋友，曾经在国外生活了30多年，并在那里的一个大学里面做教授。在这位同事回国时,我们曾经一道旅行去做一些学术访问的事情。一次,在外出回来的途中遭遇高速公路塞车。这位朋友在驾车期间,碰到旁边的一位司机不遵守秩序加塞,双方都不肯让步。于是,这位同事便开始出言不逊。中间,尽管同行的其他人试图阻止,但仍未能够奏效。令人吃惊的是,中间我的这位驾车的大学教授朋友竟然打开车窗,向旁边欲加塞的那辆车的司机伸出了左手的中指……

在此我不妨再试举几例:有一段时间,社会上利用公款吃喝与宴请成风,餐桌上的浪费令人瞠目结舌。我注意到,一些号称海外学成归来、接受过高等教育的优秀人士,在遇到这种场合的时候竟然丝毫没有表现出厌恶或者带有哪怕是一点点的不适,有些很快地就乐于融入其中,并且欣然享受这中间的好处,有些甚至在这方面较常人有过之而无不及。

据我所知,有的学者在国外获得博士学位并于回国后不久就当上了校级领导。仅半年之后,就因应酬太过频繁在体检时查出来患有"脂肪肝",令人吃惊。在校园里也是前呼后拥,抽的是高级香烟,讲起话来也是冠冕堂皇、官腔十足,已全然没有当初那种坦诚和朴实了。

我认识的一位领导具有很强的社会科学功底,在师生面前讲话时非常热衷从哲学的角度宣讲道理,自我陶醉。但是,在我看来此人却很不在意实际的效果如何。在他于学校任职的早期,这位领导还挺喜欢同我聊聊关于学科发展的事情,有时也会就一些与社会科学有关的问题"穷侃"。但是,我不晓得这位仁兄在其任职的岗位上究竟做过多少实实在在具体的事情。有一次,在谈话中对方又在炫耀他讲演的内容,我实在忍不住了,便说看上去他对做哲学家的兴趣更浓厚,但为什么偏偏又待在行政管理的岗位上？如此话不投机，想必便是得罪了这位领导。其实，我更希望我们的校领导做一些实际的事情，而不是成为行政的官僚或者是在公众面前喋喋不休的空谈家。

在十多年前，我有幸与当时的校长等一行 6 人前往非洲的乌干达、埃塞俄比亚、坦桑尼亚等几个国家。由于自己的失误，在学校的外事部门与对方安排行程期间，我忘记了提出乘坐经济舱的要求。于是，在那次出访过程中，航班上仅校长和我享用的是商务舱待遇，而一些比我年龄大的教师被安排在经济舱。从上海到东非可谓路途遥远，中间还要在迪拜等地转机数次。在午夜的航班上，我看到那几位年龄较大的教师坐在后边的经济舱中打盹，心里面很不是滋味，并为自己当初的粗心懊悔不已。我曾经几次试图同年长的教师们调换座位，他们却执意不肯。那一次的出访是成功的，我们同四五所非洲的大学签订了双边的合作备忘录。在接下来的几年中，学校招收到了来自东非不同国家的留学生，我们同非洲的一些大学中的教授之间也有了实质性的合作研究课题。但是，我本人在那次的整个旅途中，却因舱位的安排之事，心神疲惫，并且至今不得释怀。

我们在社交文化中的诸多弊端也影响到了学术界。往往，在一些学术交流的场合，那些个学术大腕会被邀请优先发言，对事情"定调"，年轻的学者们随后"跟进"，气氛显得压抑。虽然，这种场面看似"长尊有序"，但若仔细观察便会发现，这并不是一种和谐的局面。在我所工作的学校里面，这种情况也是存在的。一次，学校的部门单位开会，有一位比较资深的教授进来得"晚"了一点，会议室里面有先到的研究生站起身来主动给他让出座位。中间，这位教授颇为自豪地对旁人讲道，看来作为资格老的教授还是有优势/地位的，进门时会有人让座位。我在一边插话道，先别着急，待会儿我们看一下在散会时，年轻人是否还会恭敬地让你先离开会场。果不其然，待那天的会议结束时，年轻的学生们一窝蜂地拥向门口，早就将我的这位仁兄抛在脑后了。待最后，我们两人一道被"晾"在会场里面，直到所有的人都离开为止。同样的，在学术会议上，能够就一些研究的问题坦诚地交换意见的情景越来越少，而那些充斥着虚假的赞美和奉承的声音多了起来，其中包括申报各种奖励、项目/成果的评审、职称的评定等。一些在与会者内心中真实的看法或者说意见，往往不是在会上公开的场合，而是在私下或背地里才能够真正地被分享。特别的是，在参加诸如职称评定、项目申报、成果评审之类的会议之前，有人便会将电话打到你的办公室，要求关照一些人或者一些事情，末了还会美其名曰——这是在介绍一些情况。我个人不想通过参加各种各样的会议，或者做一些报告，以显示自己的重要性，更不想利用这些机会来掌控年轻人成长的命脉，换取在某些利益上的分配。于是，对于各种类型的参会邀请，我在内心中产生了一种莫名其妙的恐惧。一方面，我不愿意违背自己的初衷，在会议上或者什么推荐/评审的场合讲一些符合某些人利益的话语；另一方面，我也深知以自己单薄的力量根本无法同周围的"滚滚洪流"相抗衡。在这种情况下，沉默或者逃避就成为我能够选择的处世良方。

其实在一些科研机构或企事业单位中，也存在类似的情况。譬如，一些人当了某一个单位的领导之后，手中便掌握了对资金、项目、人事的操控权力。于是，在任公职期间的研究成果（例如论文的数量和专利）和获得奖励的数量"疯狂"地增长，在这其中"领导"本人的贡献被人为地夸大了。而且，领导的下属或者研究团队的成员在相关的项目和奖励中也可以分得一杯羹，在单位中的地位也随着"一人得道，鸡犬升天"。那些卸任的学界领导，有时又会在言谈中流露出失落和对继任者的"吐槽"，岂不知，现任领导的做法又往往是从与前任的交往中学得的，或者说是"如法炮制"。

在国家的改革开放经历了 40 多年之后，我们的研究环境已经发生了天翻地覆的变化。在一些地方，我们对设备、技术的资金投入水准甚至超过了西方发达国家。我们国家的科研队伍恐怕同样是极为庞大的。但是，我们的人均科研成果的产出、投入的比值如何呢？这恐怕值得我们反省与深思。

对于一个企业而言，如果要在市场环境下的激烈竞争中立于不败之地，做事情就需要讲究产出和投入的比例。如果这个比值缺少竞争力，那么这样的企业势必不能够实现其资本积累的目标，或将面临失败和倒闭的困境。在科学研究的舞台上，我们同样面临着民族智慧和国家技术实力等方面的激烈竞争，我们的学术研究也应该讲究产出和投入之比。现阶段，我们许多部门和大学里面，研究工作是不计成本的。在别人的研究机构中，一个研究生可以完成的事情，我们用三五个甚至更多的人，并且重复地进行投资。这样下来，不仅学生接收到的训练和培养是不完备的（注：每个学生只承担了一个研究问题的整体过程中的一部分），而且带来了研究成本的增加。别人一个人/单位能够做成的事情，我们用上 5 个或者 10 个人，不核算投入，不计量成本，总归可以实现所谓的目标。而在计量学术研究的成果时，主管部门往往不去考察注入了多少资金、投入了多少人力、花了多少时间等，只要做成一件事情就可以去评奖，不去审核里面的产出投入比例是否合理，不去评估科研的成果在学术界的真正贡献，不在意制造出来的产品在社会上的市场与竞争能力如何。而且，真到了报/评奖的阶段时，又会将研究的成果通过"包装"变成少数几个人的突出贡献，其他人在这中间的奉献往往就被"牺牲"掉了。在评奖过程中，往往也不针对产出和投入的比例或者人均"贡献"进行考量，出现甚至助长了"浮夸"之风，过分地渲染了研究成果本身的价值，前期投入的成本被统统地"视而不见"，以至于不知情的人士想当然地以为，我们国家的科学和技术已经达到了空前的水平。其实，较世界上一些发达国家而言，我们在一些科技领域，与它们还存在很大差距，仍需奋力追赶。

若是利用统计工具对零散的数据做一个比较系统性的分析，目前在我们学术界的种种弊端恐怕也不仅仅是科学工作者作为一个社会群体自身的行为。社会文化对这些陋习的产生提供了土壤，也为那些弊端的泛滥提供了"养分"与"阳光"。常常，我们的管理部门今天将研究的经费划拨到科学家们的手中，便恨不得明天就会得到丰厚的回报，全然不顾及科学研究有其自身的发展过程与相应的时空维度。即便是在企业界，若寻求资助做一个研究或者项目，也必须遵循从投资到产出的客观规律和时间节点的要求。更何况，无论是在企业界还是在科学界，投资与研究本身从客观的角度而言都具有很大的风险。我自己也曾经遭遇到类似的事情。譬如，在十多年前，我们在做一个关于海洋生态系统动力学的研究项目。在项目启动的第一年春季，需要组织一个针对浮游植物水华的观测，然而在那一年（2011 年）研究和出海观测的经费却迟迟不能够下拨到我所在的工作单位，因而我也不能够及时地将"船舶租赁费用"支付给提供航次服务的单位。于是，只得四处去"借钱"，筹措经费出海观测。2011年的科研经费一直拖到第三季度才划拨下来，上级主管部门却要求我们在年底之前就将这些经费中的大部分使用完毕。回想起来，真是令人啼笑皆非。

在我看来，中国在近几十年来敞开胸怀借鉴西方发达国家前沿的科学与技术精髓时，一些糟粕也不可避免地"蜂拥而至"，即所谓的"泥沙俱下、鱼龙混杂"。我们的文化也受到了西方政治气氛的一些影响，这一点在学术界表现得很是突出。我曾经在若干年中为国家自然科学基金委员会做申请课题的评审工作，中间注意到在一些大的研究项目中，往往需要增加一些不同部门和单位之间的平衡，或者是充斥着地域或者单位"瓜分"的色彩。正如同在其他的领域中一样，在科学研究的政治中也少不了权力、私欲和部门的利益之争，不足为奇。在我们的社会中，新加入的合作伙伴很快就不可避免地要与先前的参与者争个你长我短。因而，在一些国家层面的研究项目，例如在海洋生态系统动力学长达20年的实施阶段中，也常常会出现一些新的"面孔"，他们显然是在利益之争中相互妥协的产物。于是，在这种文化中，科学上的价值与政治上的利益有可能混淆起来夹杂不清，而且后者常常会超越前者。这样的文化氛围对科学的影响，也是值得我们时时反思和警惕的。

教师的职责

假如我们能够抛开功利主义和私心的作祟，在大学中教师对研究生的指导应该更多地体现在文化影响的范畴。的确，在教学和研究中我们无不为学生取得的成绩感到欢欣鼓舞，若遇到"青出于蓝而胜于蓝"者，当属课题组之大幸！

在我的一生中，除了在中学毕业后有一段相对简短的生活经历与工厂和农村有关之外，大部分的时间都是在学校里面度过的，教书似乎成了我的终生职业。然而，就个人的天赋来讲，我并不认为自己是一个做教师的"好料"。从教学的角度，我个人的缺点包括说话的语速快、语音比较低，以至于不清晰；在课堂和实验室里面对待学生的问题缺乏必要的耐心。但是，这并不妨碍在从我们实验室里走出去的学生中间，有很多人在大学里面教书很出彩并深受学生们的喜爱，这也算作一种补偿吧。

在我于学校里面接受教育的年代里，"因材施教"是一种主流的理念。然而，我自己走上教学的岗位之后，开始认识到"因材施教"在教学中，至少于我看来在大学里面，具有发挥着误导作用的含义在内。况且，这样做也有不以同一水准要求学生之嫌。我们的高等教育直接关系到国家的科学研究的水平和技术实现能力方面的进步，后者在世界上是横向的比较。因而，高等教育的水准、普及程度和其产品的质量在世界上也是横向对比的。不然，有谁还会在意那一年一度一些国际上的评估机构发布的大学排行名单？然而，因材施教的理念要求针对学生在能力上的差距分别下功夫。因材施教，面对的是个体和纵向的发展，以达到预期的水准。我个人觉得，每一个学生的天赋和才能是不同的，即便是因材施教，也不能够保证学生今后在社会上的发展相似。否则，岂不是从哈佛大学走出来的学生个个都可以成为美国的总统、耶鲁大学的毕业生个个都成为商界的领袖？对此，在社会上通过实践给出的答案显然是否定的。

正因为每一个学生在思维、情商和勤奋等诸多的方面都存在着差异，在大学里置身于同样的教育环境中，他所汲取的知识灌溉和接收到的文化熏陶在自我身上所产生的效果也是不一样的。毕业后，这些学生们在社会上的境（机）遇和对生活的选择也将各不相同。当离开校门的若干年后，他们在以社会上世俗的眼光去量度的所谓"成就"也会不一而论。如果有人同意我的观点，那么在大学的教育中，我们应该提倡的是"发掘天赋"并着重引导的理念。如此，在大学的本科教育期间，大可以不受学科（门）和专业的束缚，而是花气力去引导学生，发掘其潜质和促成其天赋的展露。因而，在大学的低年级中，可以不划分专业，而是引入（课外）指导教师（Mentor）的制度。此外，在学校中的课余生活里，利用"书院/学院"的模式促进不同专业、不同年龄以及不同前期受教育背景的学生之间的文化交流，也是应该倡导和予以支持的。在我们的大学里面，目前的确有主修和副修的双学位制度，但是我觉得做得还不够。

关于天赋对个人在社会上的发展与生活中的进步的影响这类问题，我们也的确经常碰到。譬如，我曾经有一个同窗，40

年前年纪轻轻就被国家从北京大学的一年级新生中选拔出来赴国外留学。后来，这位同窗获得博士学位后，留在欧洲一家大型的跨国医药公司做高级研究人员，可谓成功人士。可就是这位同人，却在申请汽车驾照的实用科目考试里数次都通不过。与我一道共事的同人当中不乏在当年全国大学入学考试中各省的"高考状元"、才子和翘楚，但在这些人中间，也有在申请汽车驾照的考试期间屡试不中的情形，考个两三次才能够拿到驾照是常事（注：也包括我本人在内）。相反，我的那些当年在工厂里面一道做工的兄弟们，轻轻松松地就拿到了驾驶执照。更有那些在汽车修理厂工作的师傅们，似乎不用教，个个都无师自通，开起车来熟练得很。从这样的认知角度出发，教师的一个重要的职责就是看准并发掘出学生的潜质，使得学生的天赋在大学的四年教育中得到充分的发挥，寻找到合适的谋生领域并最终利用所掌握的技能造福社会。

在现今的高等教育中提倡创办"研究型的大学"。在这种学术氛围下，对教师的考核除了教书之外，还包括必须进行相对独立的研究工作。其中，教授领导下的课题组模式在大学中最具特色。与西方的大学不同，国内的大学里教授领导下的课题组中很少有技术人员的影子。于是，教授们除了要上课、申请从事研究的课题经费、指导学生、撰写研究论文等之外，有些人还要做技术和管理方面的工作。教授们通过对某一些问题的研究使得自己在学术界有些名气，通过获取的研究项目资助、发表的更多研究成果，以及加入某种学术圈来巩固和不断地提升自己在共同体中的地位。若就研究的问题本身而言，教授们在本人工作的领域中，往往都比较自负和具有排他性。在教授的课题组里就如同在一个小的王国，许多事情就是教授一个人说了算。在许多情况下，课题组的研究成果也归于教授所有。譬如，一些教授热衷于在学生作为第一作者发表的研究成果上冠以"通讯作者"的头衔。这种教育的模式其实在很大程度上限制了那些富有天赋的年轻人的成长，会令他们觉得学究式的文化过于沉闷，个人的才华得不到充分的施展。

在我所执教的大学中，在每一年的寒假或暑假开始之前都会召开一个为期两天的"务虚会"。在会上，校方会对过去的一个学期（年）的工作进行总结，就新学期要做的事情提出一个规划。然后，这些领导们做的报告会交由与会者们进行讨论。曾经，领导们在这种会议上提到次数最多的一个问题恐怕是鼓吹教授们应该回归教室上课去。在其他的各种不同场合，校方也极力呼吁此事。教授为什么要上课？尽管看上去，这个问题似乎不需要讨论。有人会说，在学校工作，教书是天经地义的事情。但是，在很多的场合乃至很多的学校中，"教授为什么要上课"这样一个问题依旧很是具有迷惑性的，并且时时困扰着大家。

我们现在大学的职称评定和考核制度里面，侧重于认定教师承担的国家和地方的研究课题数量与经费数额，并依据一定的计算公式予以量化。教师发表的研究成果，譬如被人为地归于不同档/层次的研究论文和出版的学术专著等也被重视。此外，教师的考核之中也包括诸如指导了多少个硕、博士研究生等等。毕竟，如果申请到了研究项目和经费，也需要研究生们参与其中。如今，在全国各地都要建设"研究型的大学"的形势下，上述这些指标后面所承载的利益被量化甚至进一步扩大了，成为考核教师职务晋升的硬性指标。恰恰是，在关于作为教师在课堂上授业这件事情，在职称评定的过程中被淡漠或者模糊化了。在一些学校中，甚至出现了在职称评定的时候，可以用承担的科研项目顶替教学工作的局面。不过，我在年轻时，承担的教学工作也是不多的。如果我记得不错，在成为教授之前，我本人承担的教学工作也就限定在实习与实验课程，并未有过在三尺讲台上系统性地亲身教授基础课程的经历。

那么，教授为什么还要上课？在我看来，大学在这发展中的社会里面具有很多的功能，而教授上课则是大学实现并发扬其社会功能的一个重要组成部分。我认为，一个资深的教授和一个年轻的教师（譬如讲师）在课堂教学中所发挥的作用是不一样的，影响也不尽相同。若从知识的结构和讲演能力（例如口才）的角度来衡量，我在很多的地方都不如年轻的教师。从我自己所在的实验室出来的学生里面有很多人在授课方面都比我强很多，并且获得过各种不同的教学奖励。但是，这并不妨碍我在课堂教学中发挥自己的作用。大学的社会功能之一是进行知识的传播。一个教授在确立了自己的研究方向并取得了一定的研究成果之后，他对所在的学科领域的理解会相应地更为透彻一些。在这种情况下，在将学科领域里面的研究成果传授给下一代人时，中间的环节会被大大地压缩，或者说不需要经过校门之外的社会上的各种传播媒介。我们也应该注意到，在大学中文化的传承同样是其社会功能的一个重要成分，接受过系统教育的人士在校期间受到大学中环境的熏陶，保留着不同高等院校文化的烙印，而这种影响常常是终生的并在其日后的社会活动中发挥着潜移默化的影响。就这一点，教授在教学中所扮演的角色往往比一个刚刚进入这个行当的年轻教师更为出彩。学生毕业后，在社会上谋生，在其以后几十年的生活中仍然会同当年就读的大学（注：俗称"校友"）有着千丝万缕的联系，这中间教授们发挥着不可或缺的纽带作用。想想看，在离开校园许多年之后，我们依然想着回到母校去看看，究竟是那里的什么东西令我们牵肠挂肚、在睡梦中萦绕？是教授上课的风格、食堂的伙食、居住的宿舍、同窗之间的情谊，或是读书期间做过的一些现在回首颇为"荒唐"的事情？这些都是大学的文化在我们身上刻画并保留下来的标记。

此外，教授在社会上和学界的影响、人脉也会通过教学活动传承给听众，并为学生在日后的职业生涯中进行了有效的铺垫。回忆一下，我们有谁不为在社会上碰到一位曾经"师出同门"或者听过同一位教授讲课的学长（学弟）而于内心中感到欣喜？

民主的价值

有时在出行的中间同路人或者周围的人聊天,特别是在国外旅行时遇到一些旅居国外的华裔,交谈中往往会落到国内的民主问题上。的确,在我国当今社会中,尚在很多的方面存在着不足之处,有不少令人诟病的地方。然而,若动辄利用"民主"一词来评论我们周围发生的事情、每日中我们所遇到的不悦之处,是否如同在生活中戴着"有色的眼镜"观察周围的事物一般?

关于什么是民主,或者说民主的定义是什么,可能在不同的社会阶段以及不同的国体/政体下人们的理解并不相同。例如,若从网络语言的角度去搜寻,对民主的理解是全体公民按照平等的原则对事物进行共同的管理。民主是以多数决定、同时尊重个人与少数人的权利为原则,在法律面前人人平等,保障人们充分参与社会政治、经济和文化生活的机会。在号称"民主"的社会里,通常会宣称奉行容忍、合作和妥协的价值观念。而事实上,我个人觉得在这个星球上的任何一个地方,每一个人必须首先获取生存的保障,在社会上享有与其他的人同等的权利。只有在这个基础之上,我们才能够谈及其他,才能讨论对"民主"这个问题的不同诠释。

2019年的3月，在国内上映了一部由美国导演彼得·法雷里（Peter Farrelly）于2018年执导的电影《绿皮书》（*The Green Book*）。在影片中，导演讲述了在20世纪60年代，一个意大利人后裔，一个不折不扣的种族歧视者托尼·利普（Tony Lip），依照合同在黑人古典钢琴家唐·雪利（Don Shirley）在美国的南方举办巡回演出期间，负责驾车接送与提供生活方面的安排等服务。在20世纪的60年代，美国的一些地区种族隔离是很严重的。黑人钢琴家唐·雪利在南方旅行期间，虽然在舞台上的演出十分成功，备受褒奖，受到各处的上层白人阶层欢迎，但是在《绿皮书》这部电影的整个故事中，他在"民主"（例如：生活待遇）的层面上，却从没有真正被平等对待过。在为期两个月的巡回演出期间，唐·雪利甚至在吃饭、起居和如厕等日常生活中，都遭受白人阶层的歧视。同时，由于接受教育的背景不同与生活环境等方面的差异，唐·雪利与自己的黑人族群之间也存在很大的鸿沟。影片中，在从纽约出发之前，雇用托尼·利普的唱片公司交给了他一本《绿皮书》（即《黑人驾驶者指南》），上面列出了在南方各地旅行时黑人可以吃饭和睡觉的地方，因为当时在南方很多的旅馆和餐厅都是只对白人宾客提供服务的。在为期8周的南方巡演中，托尼·利普和唐·雪利两人起初因为肤色、受教育的背景、职业等产生矛盾和言语的冲突不断，但在影片的结尾，经过种种曲折之后，两人于患难中见真情，并且最终建立了毕生的友谊，令人深深地为之感动。

由此，我想到了前不久读过的一本由美国最高法院的大法官斯蒂芬·布雷耶（Stephen Breyer）所著的书：《法官能为民主做什么》（法律出版社，2012年）。在书中，斯蒂芬·布雷耶评述了在过去的200多年中，美国通往消除种族歧视、弥合不同肤色族群之间的偏见沟壑的道路的是非曲直。作为美国最高法院中的仲裁者,作者在书中亦感慨道:"即便在建国200多年之后的今日,实现'民主'在美国的土地上仍旧是一件十分艰巨的任务。"例如在1955年,亚拉巴马州的黑人女性罗莎·帕克斯(Rosa Parks)因为拒绝于公交车上坐在划定给有色人种的带有歧视性的专座上,而被当地的警察逮捕,并随后又被地方法院判定有罪而锒铛入狱。

同样地,在1957年,时任美国第34任总统的德怀特·戴维·艾森豪威尔(Dwight David Eisenhower)为了落实美国最高法院的判决,兑现在"公立学校中实现种族融合"的承诺,不得已下令在那一年的9月24日,于阿肯色州小石城学生的暑假后开学的第一天,派遣美国101空降师的士兵护送9名黑人学生进入白人所主导的中央中学读书。

相反,自1949年中华人民共和国成立即日起,中央与各级的地方政府便不遗余力地推行汉族与少数民族之间的互相尊重和平等相待。我在小的时候,生长在不同民族混居的地区,邻居和在学校的同学中有许多人就是少数民族(譬如:蒙古族与回族)。在举国实行计划经济的年代里面,少数民族因其生活习惯、宗教等方面同汉族之间具有差异,往往会在国家的层面得到一些照顾。譬如,朝鲜族的邻居因为衣饰方面的特点在国家发放布票时会多领到一些;回族的邻居因为宗教习俗,会在每个月多得一些牛、羊肉和副食品的配给。在国家严格地实行计划生育的年代,唯有少数民族的邻居可以享受"生育二胎"的政策,以至于我们的一个汉族同事在同满族的女孩子结婚生子时,"硬"是要将刚出生的孩子的民族属性更改为少数族裔。后来,待到全国恢复高等学校统一招生考试时,少数民族的学生在参加高考时亦可以享受到"加分"的优惠和"照顾"的礼遇，从而更容易进入大学读书。

回想起来，我在处于青少年的时候，因为顽皮、不懂事，在课余的玩耍期间说了一些对回族同学带有侮辱性的语言，并且编成了"顺口溜"。其结果是，在课堂上被老师当众惩戒，并在全班同学的面前念检讨书。

2006年的春天，我前往位于美国东部波士顿剑桥的麻省理工学院做带薪休假的学术访问。期间，我住在位于波士顿北面莫尔登（Malden）小城的一个名叫橡树林（Oak Grove）的镇子上。在那段时间，每天的早、晚我都搭乘黄色线路的城际轻轨上下班。那一年，我一直在波士顿的剑桥待到了11月的下旬，天空中开始飘落第一场大雪的时候。莫尔登地处郊区，傍晚和周末的时间，我会到住所周边的丛林中漫步。在安静的街道边踱步时，偶遇几个行人，大家彼此礼貌地打声招呼。然而，就在距我的住所不远处的一处街角，一年前的夏天，一个年轻的男孩子大庭广众之下被人射杀在白日里。更为催人泪下的事情是，当地的新闻媒体报道说，在一年之后那位年轻人的妹妹在吊唁其兄长时，在与一年之前的同一天、同一个地点，又被人蓄意地残忍枪杀了。

1963年8月，超过25万的美国人从不同的地方前往这个国家的首都，参加"华盛顿工作与自由游行"。当年，就在国会山对面的林肯纪念堂，美国黑人的民权运动领袖之一、牧师与社会活动家马丁·路德·金（Martin Luther King, Jr.）先生发表了著名的讲演"我有一个梦想"（"I Have a Dream"）。时隔多年，我在阅读这份当年的讲演稿、聆听马丁·路德·金先生的讲话录音时，依旧感觉到其中的文字在我的内心中产生的震撼。即

便是这份讲演稿的中文翻译件,读起来也是十分精彩:

> 我们共和国的缔造者草拟宪法和独立宣言时,曾以气壮山河的词句向每一个美国人许下了诺言,他们承诺给予所有的人不可剥夺的生存、自由和追求幸福的权利。但是,就有色公民而论,美国显然没有实践她的诺言。美国没有履行这项神圣的义务,只是给黑人开了一张空头支票,在支票上盖上"资金不足"的戳子后便退了回来。
>
> 但是,我们不相信正义的银行已经破产,我们也不相信在这个国家巨大的机会之库里已没有足够的储备。因此,今天我们要求将这张支票予以兑现——将宪法中赋予我们宝贵的自由和正义的保障进行落实。

在讲演的高潮阶段,马丁·路德·金满怀深情地憧憬道——

> 朋友们,今天我对你们说,我们不要陷入绝望而不能自拔。
>
> 在现在和未来,虽然依旧会遭受种种的困难和挫折,我仍然有一个梦想。这个梦想是深深扎根于美国之梦中的。
>
> 我梦想有一天,这个国家会站立起来,真正实现其信条的真谛:"我们认为这个真理是不言而喻的,人人生而平等。"
>
> 我梦想有一天,在佐治亚的红山上,昔日的奴隶与奴隶主的儿子们将能够坐在一起,共叙兄弟情谊。
>
> 我梦想有一天,甚至连密西西比州这个正义匿迹、压

迫成风的地方，也将变成自由和正义的绿洲。

我梦想有一天，我的四个孩子将在一个不是以他们的肤色，而是以他们的品行优劣来评价一个人的国度里生活。

我今天有一个梦想！

我梦想有一天，亚拉巴马州能够有所转变，尽管该州州长现在仍然满口异议，反对联邦法令，但有朝一日，那里的黑人与白人们的孩子之间将能够情同骨肉，携手并进。

我今天有一个梦想！

我梦想有一天，幽谷上升，高山下降，坎坷曲折之路成为坦途，圣光披露，满照人间。

这就是我们的希望。我将怀着这种信念回到南方。

有了这个信念，我们将能从绝望之岭劈出一块希望之石。有了这个信念，我们将能把这个国家中刺耳争吵之声音，改变成为一支洋溢手足之情的优美交响曲。

十分不幸的是，马丁·路德·金先生在他于华盛顿做了这次著名的讲演之后不久，于1968年的4月在田纳西州的一个旅馆中被种族主义者们暗杀了，享年39岁。然而，今天的问题是当年马丁·路德·金在华盛顿的林肯纪念堂的慷慨陈词"我有一个梦想"已经实现了吗？或者说，马丁·路德·金先生当年的梦想在如今是否已经变成了美国人共同的梦想？我在波士顿的剑桥做学术访问期间，当地的报纸披露说，在马萨诸塞州，仍然有大约一半的黑人居住民没有享受到任何的医疗保障措施覆盖。

2013—2014年，我第二次前往波士顿的剑桥做带薪休假。在那一年的秋季，美国举行了关于马丁·路德·金先生"我有一个梦想"的纪念活动。在纪念会上，时任美国总统贝拉克·侯赛因·奥巴马（Barack Hussein Obama）发表了讲话。奥巴马总统在讲话中，呼吁传承马丁·路德·金的精神，消除不同肤色、种族之间的不平等，减小贫富之间的差别。为了纪念马丁·路德·金先生，美国的邮政总署还出版了一款专门的邮票。在我看来，虽经种种努力，在这个国家中与肤色、种族不平等有关的问题依然没有从根本上得到解决。黑人和有色人种的孩子，特别是男孩子，在大学里面所占的比例明显处于劣势，学习成绩也相较而言更差。就连奥巴马也在1997年的一次公共讲演中感慨和质询，为什么在黑人的适龄男孩子中，待在监狱里面的数量比在大学中读书的还要多。

显然，实现不同种族之间的民主与和谐是一个漫长且痛苦的过程。即便是在美国这样一个号称"民主的表率"，在这个世界上经济最为发达、军事最为强盛的国家，自其建国以来的200多年中，实现"民主"依旧是一件在我看来梦寐以求的事情。而且，世界上的不同国家在追求和实现民主的道路上，经历也应该是不同的。将自己的价值观与对民主的诠释通过"复制"和"输出"强加到别人身上，往往是自酿苦果。2001年的秋季，美国政府借助当年的"9·11"事件的契机，以在全世界反对"恐怖主义"的名目，派兵入侵阿富汗并推翻了当时由塔利班掌管的政府。在过去的20年中，美国政府在阿富汗耗费了据说超过两万亿美元的资金，阵亡的军人达到两万五千人。在美国和由其领导的北约军队占领阿富汗的20年中，据国际上的新闻媒体披露，已有五万多平民伤亡，更有千万级数量的难民游离失所。令人咋舌的是，2021年的4月底美国宣布从阿富汗撤军开始，之后在不到四个月的时间内它所扶持的"民主"政府即被塔利班又重新推翻，时任总统逃亡国外。在 2021 年的 8 月底，塔利班发言人在阿富汗的首都喀布尔对全世界宣布，将建立一个由穆斯林主导的新的国家政权。由美国与欧洲一些国家构成的北约组织在过去 20 年中费尽心机推销和培育出来的道德标准与民主体制，仅仅在宣布撤军行动的几个月之内就轰然倒塌，如倾泻的流水一般荡然无存了（图 4）。闻之，令人感觉在过去的 20 年中，美国人的种种"努力"似乎都如同在一句歇后语中所谈——竹篮打水一场空，确是给那些无辜的阿富汗人民带来了不尽的灾难。据说时至今日，阿富汗在这世界上依旧是最为贫穷和落后的国家之一。阿富汗在过去的 20 年中，战乱不断，时局"转"了一大圈，却又回到了原点，只是情况比以前更加糟糕！这件事情，也阐释给我们一个真谛，就是颠覆和破坏一个国家/社会原有的体制是相对容易的，而建立一套新的经济架构、重塑文化的理念却是相当艰难。

在许多的场合下，我们其实都忽略了所谓的"民主"观念在其背后都会受到意识形态的指导，在付诸实施的过程中有着价值观在作祟。或者说，民主服务于价值观。在价值观受到民主的挑战时，后者会被毫不留情地丢弃。在过去的几十年中，犹太人通过四次的中东战争，终于在那个地区建立和稳固了属于自己的国家。但是在这期间，数以百万计的巴勒斯坦人沦为难民，居无定所。《青年参考》在 2021 年 7 月 30 日刊登的一则消息称，位于美国佛蒙特州（Vermont）的本杰里冰激凌公司（Ben & Jerry's）曾经因"广泛支持'占领华尔街'、'黑人的命也是命'等运动"，赢得了美国众多年轻消费者的支持。然而，这家冰激凌公司在 2021 年 7 月 19 日发表声明宣称"在被占领的巴勒斯坦领土上销售冰激凌不符合我们的价值观"，并且表示，

民主的价值

图4 2021年8月中旬在中央电视台的新闻报道中,阿富汗首都喀布尔机场的混乱局面。自美国政府在2021年4月份宣布撤军之后,到当年的8月份阿富汗政府就被塔利班武装推翻,此前被美国和北约组织扶持了20年的政权毁于一旦。在美军撤出阿富汗的最后几周,首都喀布尔一片混乱,机场的内外到处是逃难的人群。有人评论说,美军在2021年8月从喀布尔的溃退可与1975年4月从越南的"西贡大逃亡"相媲美。

在与以色列的合作伙伴协议于 2022 年年底到期之后，将寻求采用另外一种方式在当地留下来。此言一出，该公司立刻遭到了以色列政府的强烈抵制，甚至有官员指责其言论是"新型恐怖主义"。即便是在美国政界，都少有人出面为本国企业"保驾护航"，反而有不少人转而支持以色列政府的主张，即"打垮 Ben & Jerry's"。

技术拯救国家

在我小的时候,社会上流行着一种口号,叫作"学好数理化,走遍天下都不怕"。无论怎样,技术的发展对具体到一个国家的进步,乃至大到人类文明的演化,都有着决定性的推动作用。

若放眼四周,在这世界上恐怕日本的汽车制造和销售战略是非常之成功的。在我曾经旅行和逗留、工作与生活过的30多个国家与地区中,不记得在什么地方的公路上没有见到过日系汽车的影子。在我与来自坦桑尼亚的留学生朱玛·拉贾布·希利曼尼(Juma Rajabu Selemani)前往东非的潘加尼河(Pangani River)流域做野外观测期间,在公路上和城市的大街小巷里,几乎到处都是日系汽车的影子,欧洲和美国品牌的车辆则很少。就连带着我们一道做野外工作的交通工具也是日系品牌的越野车。就此,我曾经问询朱玛系因何故。朱玛回答说,欧洲的汽车虽然质量都挺好,但是系新车,都很贵。相反,这里的日系品牌的车辆基本上都是"二手货"甚至"三手货"。日本的企业在本国将快到报废年限的汽车回收后,先是在当地进行必要的修理和保养、喷漆等作业,然后直接海运或者经中东地区的某些港口(例如:迪拜等地)转运到非洲的各个国家,在当地再次销售。有些二手汽车，干脆就是直接运到当地再进行必要的维修和整护。听了，令人茅塞顿开。如此一来，日本的制造企业既节省了拆解这些待报废的汽车所需投入的费用，政府也免去或者说转嫁了处理废料产生的垃圾和由此带来的环境问题。此外，这样还可以产生一笔相当不菲的收入。而且，在做这件事情的过程中又可以对外宣称系为中东与非洲增加了新的就业机会，为当地的经济发展注资。如此等等，真是可谓一石数鸟，相当精明。后来朱玛对我说，正因为如此，在东非国家的公路上各种牌号与样式的车子都有，十分地杂乱，犹如一个"展览馆"一般。后来，我还注意到在公路上奔驰的那些来自日本的车辆侧面，甚至原来的车主标志都还残留着。而且，在满大街跑的各种汽车中，方向盘设计在左边和右边的车辆都有，混杂得很。朱玛也对我说过，他家里面的车子也是二手的日系品牌，是当年在工作时花费了两千多美元购买的，比添置新车便宜多了。据朱玛讲，他家里面的那台车虽然比较陈旧，但还可以凑合着用。朱玛的计划是在毕业回国后，为家里再购置一辆新车。

以我个人的经历，国家之间的差距在很大程度上体现于工程实现水准与技术能力的层面上，在这后面是来自经济实力的支撑作用。这中间所涉及的不单单是研制计划本身的问题，还包括材料、精密加工等许多的行当。一个理念从最初的设计图纸转变为最终的产品，中间需要经过许许多多的环节与工序。其中，后者还要满足诸如小型化、实用、在价格竞争中占据优势以及适合不同的需求（例如：工况与环境的改变）等。

在过去的几年中，我与业界的同事们在设计和加工一个能够适用于在开阔海洋与深海环境中采集痕量元素样本的洁净集装箱与其配套的设备（例如：干净的电缆与绞车）。然而，在这中间颇为周折。经常遇到的问题是，我们所提出的设计思路无法通过国内的技术来实现；在组装过程中需要的零部件，国内的市场上也没有现成的商品可去购置。譬如，在洁净集装箱中需要对温度、湿度和空气的质量进行严格的控制，但是我们的工程师却找不到一款满足需求，同时轻便与小巧并可以放入集装箱的设备间的空调系统，在国内也没有找到一个企业愿意帮助设计和进行加工，或者对方开出的价格以我们的研究经费而言无法承受。在与洁净集装箱配套的那款用于测量海水剖面的性质、采集不同深度的样本的梅花式采水瓶阵列中，我们需要为塑料材质的采水瓶设计一个内部泄压的装置，以期在电子触发机构出现故障导致瓶盖未能够正常开启的情况下，随着深度的增加，巨大的海水压力不至于将采样瓶"挤"爆。在这个泄压装置中需要配备一个用塑料材料制成的弹簧，可是我的同事几乎寻遍了大江南北，就是找不到可以加工的企业，只得从国外进口。一个小小的塑料弹簧，仅几个厘米的长度，就需要400多元人民币。而且，购置回来的产品还不能够完全满足我们的实用需求。类似的，为了减少采样瓶在甲板上和海面附近受到沾污的影响，我们为这个洁净集装箱配套的采样设备设计了在水下10米的深度开瓶的装置。也是因为在材料和加工技术方面的困难，我的同事们绞尽脑汁，目前仍旧未能够做成在满足需求的同时又体积小巧的产品。

  这种因为技术水平上的差距带来的困难，不仅仅是体现在我们的日常生活中，弥漫在科学研究的环境里，甚至直接影响到了国家的安全。我的一位朋友，萨蒂什·谢泰伊（Satish R. Shetye）博士，曾经长期担任印度的国立海洋研究机构的所长职务。在21世纪初，他也曾经作为负责人率领国家代表团前来上海参加由国家自然科学基金委员会与印度的工业理事会共同组织的海洋科学双边论坛。在 2011 年的夏天，我去印度的海洋研究所做学术访问期间，一次闲聊中他对我讲起从技术层面的差距上理解海湾战争中得到的教训问题。时光回到 20 世纪的 80 年代，在长达八年的两伊战争期间，美国卖给伊拉克的施乐（Xerox）品牌的复印机中有一个可以扫描并向外发送复印文件内容的功能，但伊拉克人并不知晓此事。到了 20 世纪 90 年代初的第一次海湾战争期间，美国人激活并利用了这个在施乐复印机上平时处于"休眠"状态的功能，由此破解与提前掌握了伊拉克军方所有通过传真机发出的作战指令。于是，以美国为首的联军能够在短短的六个星期的时间内，以摧枯拉朽之势，就将当年入侵科威特的数十万伊拉克军队击败。

说到底，国家之间的实力拼争是彼此之间横向的比较，其中所仰仗的是经济上的实力和技术上的水平，并以强大的工业体系作为支撑后盾。在这中间，某一个国家的 GDP（Gross Domestic Product）水平是重要的，但是在衡量和对比不同国家之间的富裕程度和百姓的生活水平差距时，人均贡献 GDP 的数量才更能够说明问题。国家之间的竞争，也不单单是 GDP 总量在数目上的简单比拼，而是需要深入地考量与对比组成 GDP 的结构，或者说 GDP 是由什么样的产业所支持的。据考证，在 19 世纪 40 年代的中英鸦片战争爆发之际，当时中国的 GDP 就其总量而言远大于英国。然而，中国在清朝时期的 GDP 其主体来自农业和手工业，仍旧系一个具有陆地属性的封建制度国家，并处于一个以耕作与游牧为主体的社会发展阶段。在那时，英国的 GDP 则仰仗于工业和国际上的贸易，是当时世界上一流的工业化国家，并且已经实现了从陆地向海洋的转变。无须多言，当一个以农业为主体经济结构的"陆地国家"与一个以工业化为主要GDP构成的"海洋国家"在海上发生武装冲突的时候,其结局应该是显而易见的。

在这场不同国家之间就经济实力的比拼和技术水平的竞争中,政府也会竭尽其能,利用所有的资源打压对手,以保护自己的企业和获得利益的最大化,并且维持已经具备的优势。因此,除了不同国家之间在价值观上的差异所造成的隔阂之外,也包括利用不公平竞争来提升自身的利益、通过压制对手以维护在世界上的"领袖"地位等。

譬如,在过去的十年至二十年中,美国政府一直利用各种方式打压具有竞争力的包括中国在内的各个国家的企业,其中也包括华为。对方所采取的方式除了在材料和器件的供给方面进行禁止出口以外,还包括在技术交流的领域进行限制,"冻结"竞争者在海外(美国)的资金,甚至对其他国家的公民进行非法的通缉、拘押和监禁。在2018年12月初,时任华为公司高级管理人员的孟晚舟女士在加拿大过境时,就被美国政府授意,以莫须有的罪名逮捕,并被拘禁在加拿大的不列颠哥伦比亚省至2021年的9月下旬。根据公开的资料,强加给孟晚舟女士的无端罪名是"误导"汇丰违反了美国对伊朗的制裁法案,从而对汇丰构成"欺诈"。然而有证据表明,该信息是在美国司法部的威逼与利诱下,总部设在英国的汇丰银行为了减免因帮助墨西哥毒贩洗钱的罪责"透露"出来的(注:英国的汇丰银行曾在2012年被美国的司法部以其违反美国的国际制裁令与反洗钱法规为由处以19.31亿美元的罚金)。我不是法律界的专业人士,但作为一个公民,我觉得其他国家的政府应该没有权利,也不应该会有这样的理由对中国的企业在非其所属的领地上从事正常的业务活动进行长臂（越境）管辖。不然，遵循这样的一个逻辑，岂不是任何地方的某一个政府都可以根据自己的所谓法律到其他国家去抓人？

然而，事出有偶。最近，在法国人弗雷德里克·皮耶鲁齐（Frédéric Pierucci）与马修·阿伦（Matthieu Aron）合著的《美国陷阱》（中信出版社，2019 年）一书中，也记录了类似的情况，但是其结局却是十分悲催。法国的阿尔斯通（Alstom）曾经是全世界数一数二的商业巨头，被视为国家的"工业明珠"。阿尔斯通企业旗下的业务包括核能、高速铁路、燃气发电、水电、环境控制等诸多支撑国家现代化的领域，并且自 1979 年以来，在能源、交通运输等领域与中国的多地、多部门开展贸易活动并实施合作项目。2013 年 4 月，美国司法部会同美国联邦调查局将时任法国阿尔斯通集团下辖锅炉部门的全球项目负责人弗雷德里克·皮耶鲁齐在纽约的肯尼迪机场逮捕，对其编织的罪名是参与了于十年前（注：2003 年）在印度尼西亚的苏门答腊岛上的塔拉罕发电站的项目前期招标过程中的行贿活动。后者不仅因此丢掉了工作的职位，而且在美国的监狱中被非法监禁了五年多，直至 2018 年的 9 月在各方的压力之下才被释放回国。而根据《美国陷阱》一书的作者所说，当事人（即弗雷德里克·皮耶鲁齐）既没有参与同行贿者和中间商之间的交易，也没有权利决定为了在塔拉罕发电站的项目中竞标成功而进行行贿的数额。此外，根据作者本人坦诚，他在这件事情中没有拿过任何的个人好处或者说"回扣"。弗雷德里克·皮耶鲁齐与马修·阿伦在《美国陷阱》一书中揭露了美国的司法部是如何以政府颁布的《反海外腐败法》作为幌子，政府与法官、律师串通一气，通过欺诈和威逼使当事人落入事先策划好的"陷阱"

之中。他们诱捕外国企业的高级员工并且不惜动用一切手段使之"认罪",以此敲诈和肢解法国的阿尔斯通集团。美国司法部指控弗雷德里克·皮耶鲁齐等人涉嫌商业贿赂,并对阿尔斯通处以7.72亿美元的罚款。如此行事的目的是由国家出面,采用非经济的手段制裁与美国企业具有竞争关系的国际同行,并以此确保美国在相关领域里的领头羊地位。整个事件的最后结果是,曾经法国的骄傲——阿尔斯通公司被肢解,其麾下70%的业务被出售,并将所有在能源领域的业务以130亿美元的价格被与之竞争的美国企业通用电气公司所收购。在整个事件中颇为滑稽的是,后来通用电气公司与美国的司法部之间达成了一项谅解备忘录,在将阿尔斯通收入囊中之后,美国的公司不用再向政府交纳原本应上缴的罚款。回顾这段历史,在许多经济学家、法律界人士的眼里,美国政府如今对待中国的企业华为的做法,与其当年采用不正当手段肢解法国的阿尔斯通公司的伎俩,如出一辙。

在现今的国际关系中,不同的国家之间除了存在政治、经济、军事和文化层面上的利益冲突(竞争)之外,又出现了一种以法律形式为工具的博弈(注:司法战争)。具体的,一个国家依据自己制定的法律,在某种国际组织或者协定甚至环境发展态势(例如气候变化)的幌子之下,就对别的国家的企业进行超越国境限制(长臂)的管辖和制裁。这种制裁,小到针对与下辖/属下的企业具有竞争关系的他国集团,旨在保护本国的技术和产品,维持其优势,大到针对诸如气候的变化等关乎人类整体命运问题的国家之间的博弈,维护其在世界上已占有的份额(霸权),无所不及。在这种商业间谍与司法战争交替出场的舞台上,由国家出面对参与竞争的他方进行敲诈、勒索。《美国陷阱》一书讲道，事实上，在各方共同关注的许多问题上，美国已经成功地向其同盟国（盟友）以及他们的企业施加了一套自己的准则，而且回报非常丰厚，其中包括应对恐怖主义、反对核扩散、打击腐败、清算洗钱等不同的领域。此外，在《美国陷阱》一书中，也披露了在过去的二十年中，不同国家的金融和商业机构因被美国司法部认定违反了（美国）国际制裁令或者反洗钱法案所遭受的最高数额的处罚，以及在此期间不同国家的企业因违反了美国的反海外腐败法，向美国政府支付数额超过1亿美元的清单（图5）。在图5中所列出的处罚清单中，不乏在国际上知名的企业，除了前面提到的阿尔斯通之外，像德国的西门子（8亿美元）、法国的道达尔（约4亿美元）、瑞典的瑞典电信（约7亿美元）、以色列的泰华制药（约5.2亿美元）、英国的英国航空航天系统公司（4亿美元）、日本的松下（约3亿美元）等都在其中。在弗雷德里克·皮耶鲁齐与马修·阿伦披露的那些遭受美国处罚的金融财团名单中，涉及几乎欧洲的所有主要银行巨头，其中包括法国的巴黎银行（89.7亿美元）和农业信贷银行（7.9亿美元）、英国的汇丰银行（19.3亿美元）和渣打银行（6.67亿美元）、德国的商业银行（14.5亿美元）和德意志银行（2.58亿美元）、荷兰的荷兰国际集团（6.19亿美元）与荷兰银行（5亿美元）、瑞士的瑞士信贷（5.36亿美元）和瑞银集团（1亿美元）等，最后还有美国的摩根大通（0.88亿美元）。令人生疑的是，在这个遭受制裁和被罚款的清单中，不仅少有美国企业和金融财团的"影子"，根据弗雷德里克·皮耶鲁齐所做的总结，即便是遭受了处罚，这些有美国"影子"的公司所支付的罚金也少得可怜，且多半是"象征性"的。弗雷德里克·皮耶鲁齐与马修·阿伦在《美国陷阱》

国际财团被美国司法部罚款的数额

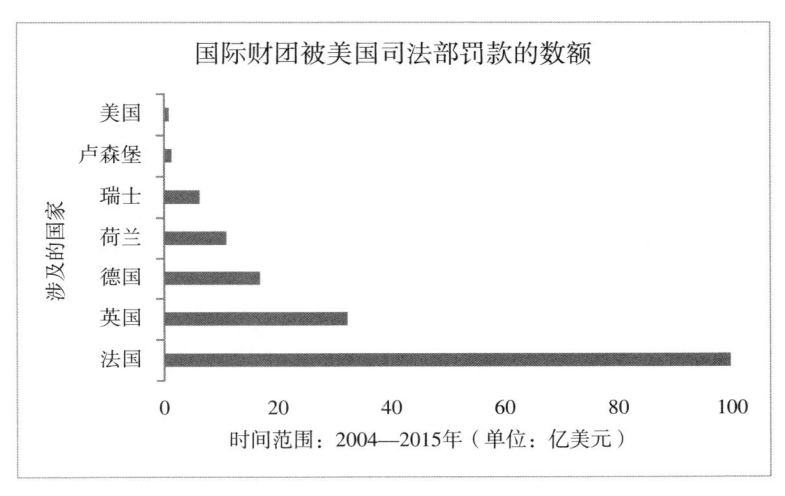

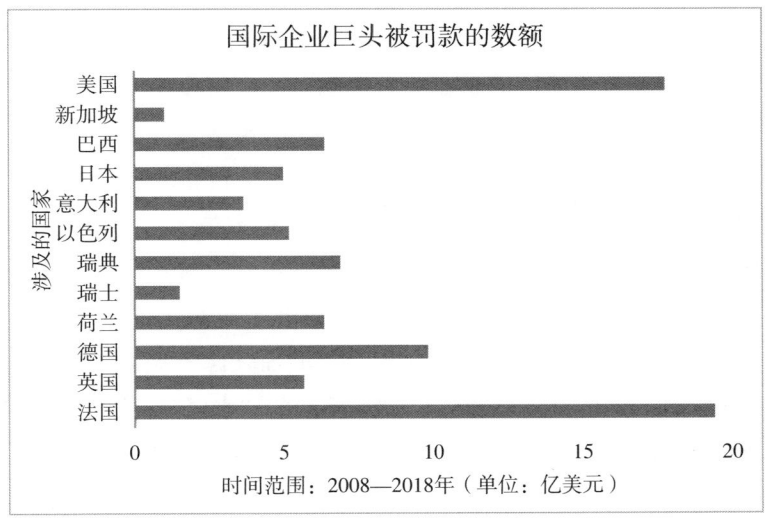

涉及的国家	金额
美国	~1
卢森堡	~2
瑞士	~6
荷兰	~10
德国	~17
英国	~32
法国	~100

时间范围：2004—2015年（单位：亿美元）

国际企业巨头被罚款的数额

涉及的国家	金额
美国	~18
新加坡	~1
巴西	~7
日本	~5
意大利	~4
以色列	~5
瑞典	~7
瑞士	~1.5
荷兰	~7
德国	~10
英国	~6
法国	~19

时间范围：2008—2018年（单位：亿美元）

图5 在过去的二十年中，美国政府通过动用本国的司法程序对其他国家的企业和金融财团进行敲诈和惩罚的数额。在图中对比了被美国动用国际制裁令和反洗钱法惩罚的最大数额的其他国家的金融财团（上图）和那些交纳罚款超过1亿美元的企业所在的国家（下图）。图中的数据引自法国人弗雷德里克·皮耶鲁齐与马修·阿伦合著的《美国陷阱》一书。

一书中指出，在过去的二十年中，那些遭受美国司法部制裁而被迫交纳罚款的排名前15家金融机构中，只有摩根大通一家是来自美国本土的公司，而且若按照交纳的数额大小排序的话，摩根大通处在最后一位。在图5中所涉及的向美国的司法部交纳罚款超过1亿美元的26家企业中，也只有4家是来自美国的公司。《美国陷阱》一书还指出，过去的二十年中，在美国的司法部开出的单笔超过1亿美元的处罚名单中，那些企业被迫上缴的罚款总额是88.72亿美元，其中欧洲企业/财团的数额是53.39亿美元，其他国家和地区的数额是17.59亿美元，来自美国本土企业/财团的交纳数额仅仅是17.74亿美元。而且，在上述这些被美国政府惩罚的本国企业或者财团中，雇员代人受过、遭到司法部门的刑事诉讼的数量也相对较少，甚至没有。相比之下，难道说是美国的企业或者金融财团更加遵纪守法、在经营过程中行事更加清廉吗？答案应该是否定的。自从冷战时期至今，美国政府在对其他国家政府的文化颠覆与武力推翻的种种努力中，行贿与暗杀便是最常使用的手段之一，而且至今未曾终止。在美国的内部，关乎国家政治和经济领域的金融贿赂所导致的丑闻也是层出不穷，其中比较著名的事件如在20世纪的70年代初期直接导致时任美国总统的理查德·米尔豪斯·尼克松（Richard Milhous Nixon）辞职下台的"水门事件"（Watergate Scandal），更不用提美国大选期间频频出现的贿赂与舞弊事件。一个国家的政府尚且如此，我们又能够对其管辖之下的企业和财团抱有何种天真的幻想？

在上面这起美国司法部帮助本国的企业肢解、吞并来自其他国家的竞争对手的案例中，通用电气公司承诺为卷入行贿与司法丑闻的阿尔斯通缴纳超过10亿美元的罚金和在法国创造

1000个新的就业岗位。但是根据后来披露的消息，通用电气公司与美国的司法部针对"阿尔斯通事件"达成了一项内部的协议，据此一分钱的罚款都将不用支付。现实之滑稽令人瞠目结舌！此外，通过对法国阿尔斯通收购后的合并与重组，通用电气公司直接在法国撤掉了350个雇员岗位。随后截止到2019年，阿尔斯通公司原来在欧洲的雇员，有20%已经失去了工作。在国际上的商业竞争中，背后的这种看不见硝烟和敌人的司法战争，不用通过制造和贸易，就能凭空进账货币（注：仅此一项，美国政府就额外赚了数百亿的资金）。动用这种司法战争，不仅仅是保护了本国企业的利益，维护和稳固其在商界既有的地位，更可以达成若仅是通过正常的国际竞争获胜希望渺茫的目标。譬如，动用司法程序可以剥夺与本国企业竞争的对手在市场上已经占有的份额与优势，利用法律上的诉讼可以致使对方丑闻缠身、在商界的声誉扫地。此外，行政处罚还可以令竞争的企业债台高筑，实现肢解和收购的目标。最后，借助司法程序还可以获取在正常的情况下外人不可获取的商业机密和尖端的技术。在图5中的数据表明，美国司法部在这场看不见硝烟的战争中对于某些国家似乎更是"情有独钟"，处以罚款的数额、波及的企业和财团数量明显地多于其他。

其实，类似这样的事情还有许多。而且，世界上的各个国家采取手段保护本国企业的利益的种种做法也由来已久。在20世纪90年代中、后期，我曾经有过多次利用外方机构的资助参加国际上的学术活动的经历。其中，旅行若是受到美国的科学基金会资助的话，其中的约束条件就是要首先考虑搭乘美国航空公司的航班前往目的地。尽管在许多场合下，美国航空公司的票价都更加昂贵，航班提供的服务（譬如：饮食）也不好。

我们在欢呼技术的进步帮助国家的经济这驾马车驶入了通往现代化的快车道之时，常常忘记了随之而产生的另外一个问题——我们自己还像过去那般有用吗？的确，在技术的发展日新月异的今天，不仅我们的生活深受其影响，技术的进步也开始左右我们的文化进程，我们曾经自认为作为这个星球的"主宰"之地位也受到了挑战。譬如，随着制药工业的进步，许多过去曾经被认为是"不治之症"的疑难疾病，如今已经可以进行彻底的治疗。特别的是，一些曾经肆虐人类社会的大规模传染性疾病已经得到了有效的控制，或者已经被彻底地"消灭"了（例如：天花）。于是药物的研发与生产在我们的社会中又开始扮演着另外的一种角色：延续人类的生命。在社会尚不够发达的阶段，药物的最大贡献就是为穷人治病。而当治病的问题被解决后，接下来便是如何利用药物延续人的生命。在我们这个星球上，在那些饱受战乱煎熬、最为贫困的国家中，人的平均寿命仅有30—40岁，而在那些富裕的社会里，人的平均寿命已经达到了70岁以上。在社会上那些富裕的阶层看来，投入大量的资金和技术开发出新的药物，用于延续人类的生命，是一种富有战略眼光的选择。于是，倘若延续上面的问题继续思考，接下来可以想到的是，一方面技术的进步逐步地将劳动者从辛苦的工作（譬如：密集型的手工作业）中"解放"出来，另一方面人类的寿命又在不断地被延续，我们还可以在哪里找到自己可以扮演的角色？

其实，这种伴随着技术的进步，人类所扮演的角色被逐渐取代的情况就发生在我们的身边。按照现今的法律，我们在年龄到达60岁的时候便面临着"退休"的问题，基本上不论工作的性质或者劳动者本人的身体状况。许多人在离开工作岗位之后，在家做些杂务，照顾后代，依靠不算丰厚的退休金生活，日子过得也算得体。于是，在各地的城镇，晚上于空旷的场地之上都可以见到"广场舞"的现象。在我居住的吴泾小镇中心的一处广场上，每当夜幕降临之后，近百人在那里翩翩起舞。在一块算不上十分宽敞的空地上，舞者们分成几摊，很是热闹。偶尔在下班后或者在出门购物时路过那里，不同的歌曲声充斥着行人的耳鼓；舞场的旁边还有许多人围观，人行道都被"堵"上了。我在世界上其他的国家或者地区旅行时，几乎没有见到过与这种"广场舞"类似的现象。思忖下来，除了在文化层次上的差异之外，我觉得另外一个因素应该是，在退休之后许多人依旧身体健康、精力充沛，且日常生活基本无忧，但是在社会上却没有合适的事情可以提供给他们去做。

这种在人与技术之间的"竞争"中，我们"败下阵来"的情况似乎不可避免，这已经在文化、伦理等不同侧面对学术界的专家们提出了新的命题，在社会上产生了我们无法回避的后果。我所工作的华东师范大学有两个主要的校区，其中一个就处在市区中比较繁华的地段。在十几年前，因为学科与校舍发展的空间受限，学校又在位于南边市郊的黄浦江边建设了一个新的校区，面积是原来本部大小的四倍左右。在随后的若干年中，我经常搭乘学校的班车往返于两个校区之间，直至2021年初（注：2021年1月23日），贯穿市区南北的地铁15号线路通车为止。上海的地铁15号线连接北面的顾村公园和南面的紫竹高新区，车辆是自动驾驶的。我在搭乘这个线路上的地铁列车往返于位于普陀区和闵行区的两个校园之间时，途中经常看到有些乘客出于好奇，扒在前面的车窗上体验无人驾驶车辆的那种感觉。的确，相较于其他的地铁线路，15号线的车辆的运行更加准时、平稳,坐在车厢里觉察不到那种在运行中(例如:进、出站)因人工控制引起的"顿挫"感。而且,到站后车子的开、关门也更加流畅。在整个地铁的车厢中,仅有一位佩戴袖标的"巡视人员",再无其他。坐在车厢里面,你会感到周围的一切都是祥和、安全的。然而,问题是当遇到"意想不到"的情况时,自动驾驶的地铁车辆的表现还会受到人的控制吗?或者,在"意外"的事件出现后,我们是否还可以自如地操控这些车辆?在社会上,尽管经过深思熟虑,我们依旧会犯各种各样的错误,而且有时候这些因失误产生的代价/伤害实在是太大以至于不可承受。于是,那些经过我们的顶尖技术加工出来的"产品",一旦"出错",如何进行挽救?我们是否还有如同在吴承恩笔下的《西游记》中,智者唐僧通过念"紧箍咒"的方式对其麾下弟子孙悟空拥有的所谓"终极裁判"的权力?

小概率的事件还真的发生了,而且后果非常不幸且令人难以接受。在 2022 年的 1 月 22 日下午,也就是刚巧在地铁 15 号线运行一年之际,一位上了年纪的妇女在上下车时,不幸被列车与站台之间的屏蔽门给夹住了。车站的工作人员在解救过程中出现失误,导致列车突然启动并将该乘客挤压致死。在导致悲剧发生的因素中,除了现场工作人员的操作"失误"之外,地铁列车这个钢铁巨兽在关键时刻"不听从"操控者的指令,或者"不识别"操控者的错误,也在其中。譬如,在"感知"到出现了有乘客被夹住的情况时,站台上的屏蔽门应该自动地打开;在故障尚未排除的情况下,无论状态如何,列车都不应该自行启动;等等。

2021 年的 7 月下旬,河南的省会郑州市突降暴雨并且引发了洪涝灾害。在一个小时之内,郑州市的降雨量竟超过了 200

毫米，"刷新"了历史的纪录，并导致整个城市被淹。直到当年9月份的第二个礼拜，受损的地铁线路才部分地恢复载客运营。在那次暴雨引发的灾难中，据媒体的报道，共计有300余人遇难，其中也包括在线路被淹后，被"困"于停在两站之间的地铁通道中的列车车厢里面的一些乘客。这件事情的确令人痛心，需要反思。不过在此我想要表达的是，在这种情况下，假如地铁车辆的驾驶系统是自动化的，后果将会是怎样？对于这样的问题，我们目前还没有可靠的证据以便进行分析和总结并获得结论。但是，类似的情况确实出现在其他的场合之下。譬如，据媒体报道，2013年4月—2021年4月，特斯拉汽车已经在全世界的范围内造成了数百起严重交通事故，并导致175人死亡。[1] 其中，特斯拉在美国本土发生的事故所造成的死亡超过媒体报道数量的一半，达到了97人。在同一期间，发生在中国的特斯拉轿车事故已经造成4人死亡。在报道中，特斯拉自动驾驶汽车的直接事故成因可谓五花八门，譬如在驾驶过程中因系统失控/失灵/崩溃等造成突然地加/减速、正面碰撞、追尾；因系统的识别能力丧失造成闯红灯、逆行、变道碰撞、坠崖、落水；因防护措施方面的设计缺陷造成的失窃、着火；等等。在技术的层面上，有人将事故的类型归纳为动力系统的突然地加/减速、控制脚踏板失灵、方向盘不受控制、无法识别障碍物，以及驾驶员在面临紧急情况下不能够接管并控制车辆（注：对于自动驾驶的车辆，在驾驶员未采取干预措施的情况下，系统应该有自我保护的设计措施）等等。我觉得，在上述所有事故

---

[1] 北京智能车联产业创新中心. 智能网联产业研究分析月度报告（第十二期）[EB/OL]. (2021-04-21) [2023-01-01]. http://www.mzone.site/Uploads/Download/2021-04-21/607fd841a9dd5.pdf.

中，人类被自己所设计的"精灵"所主宰、绑架。想想看，那些深陷囹圄的乘客，眼睁睁地看着自己心爱的座驾如同钢铁猛兽末日狂奔一般，却无可奈何，甚至连采取措施的机会都没有，不觉令人毛骨悚然。

其实，在这种科技快速膨胀的年代，基于信息的技术可以被用于置人于死地，但在现行的法律下却没有办法追究责任，甚至也无须有人为此负责。在此，我权且将其定义为"技术谋杀"。

针对类似的情况，以色列的学者尤瓦尔·赫拉利（Yuval Noah Harari）在其《未来简史：从智人到智神》（中信出版社，2017年）一书中提醒我们，在基因与数据科学主导的时代，一旦将权力从手中交出，技术便有可能会将人类从最初的设计者降级成为芯片，再降级成为数据，以至于最后被淹没在信息的滚滚洪流之中。这就如同一块泥土被丢弃在了奔流的洪水之中，消失殆尽，整个过程无声无息。我们无法真正地预测在今后会发生什么或者有什么不会发生，因为科学的辉煌并不会告知我们一个关于未来的确定无误的结果，技术的进步不会引导我们朝向一个明确的方向迈步而无须顾忌其他。因而即便是同样的科技，也会创造出不一样的社会发展路径，对世界的改变也不会只有一种结局。就像钢铁的冶炼和加工技术既可以用来服务于桥梁的建设，造福于人类，也可以被拿来用于武器的制造，发动战争和进行杀戮一样。

第二辑　科研

这个世界上，在不同国家中进行的科学研究是民族智慧之争，是一种横向的比较。从人类学的角度来看，人类社会在经历了过去数百万年的演化之后，不同种族之间在生物学意义上的智商并不存在什么差别。但是，我们是否注意到并且仔细地反思过，为什么在学术界那些具有划时代意义的研究成果，在技术上那些前所未有的创造，大都出自这个星球上的少数几个发达国家？在发展中国家朝向现代化的奋勇努力中，我们是否也曾审慎地评价过，技术层面的水平与社会层面的文化对科学研究的内在影响？

知识分子的特质

在如今的社会上，究竟什么样的人物才可以被称得上是知识分子？如果我们去查权威的书籍，在上海辞书出版社的1989年版和2009年版的《辞海》里面关于"知识分子"的解释是这样的："有一定文化科学知识的脑力劳动者。例如科技工作者、文艺工作者、教师、医生、编辑、记者等。"假如赶时髦到网络上去搜寻，在百度百科上关于知识分子是这样定义的："知识分子，是指以阐明或者运用知识为核心工作的脑力劳动者。"进一步，关于知识分子的范围等，在百度百科上又做出了如下的界定：科学研究、教育、工程技术、文化和艺术等领域。在关于知识分子的释义中强调，作为知识分子在社会上应该具有较高的知识水平，具有独立的思考能力和批判的精神，是脑力劳动者等等。

在我看来，所谓知识分子不仅仅应该是指接受教育的层次，譬如有一张大学的文凭，具有某种学位或者某个头衔。在我看来，单单是上面这些还是不够的。我曾经和周围的同事谈论过什么是知识分子的问题，但众说纷纭，反倒弄得我"丈二和尚，摸不着头脑"。此外，在社会上不同的人对"知识分子"的理解似乎也并不相同。譬如，有人讲，作为知识分子，除了需要接受过一定程度上的正规教育之外（譬如：达到本科毕业的水准），还需要从事知识传播的职业。这样去界定，似乎"杀伤面"太大，且如此一来，似乎在社会上许多自诩为知识分子的人士，或者在大众眼中应该属于知识分子之列的社会精英们就要被排除在外了。

此外，在社会发展的不同历史阶段，"知识分子"一词涵盖的范围应该也是不同的。在西方的现代教育正式引入华夏之前，私塾在我们的文化体系中占有非常重要的地位。历史中为人熟知的那些文人、墨客，在当时的环境下于社会上也是具有知识和文化之士，大约也应该算作知识分子吧。

不过，在此我并非要动用笔墨去探讨知识分子的界定，而是想表达在我个人的脑海里，知识分子作为社会中的一个群体，他们本身应该具有的特性是什么；作为知识分子的一员，他在社会上所扮演的角色以及在这文化的变革之中所应该发挥的作用是什么；等等。借鉴美国的一位学者罗伯特·默顿（Robert K. Merton）在其所著的《科学社会学》（*The Sociology of Science*，商务印书馆，2003年）中所谈，正如在社会上不同的群体成员一样，知识分子（譬如：科学家）的地位不能够只靠自我确认和自我归属来决定，更为重要的是其他阶层的认同与存在感在哪里。换句话说，既然知识分子作为一个群体，其在社会上具有一定的存在价值，他们同样也应该担负一定的社会责任。

以我自己的理解，知识分子的一个基本特点应该是在与学术相关的领域中具有和保持独立性，而不仅仅在于接受教育的程度以及接受何种方式的教育。若从社会的责任角度出发，一个知识分子应该对小到本学科的研究命题、大到社会上的诸多事务有着自己独立的见解，而不应该盲从或者说是随大流。

哪怕这些个人的观点和理念在当时的舆论或者环境中是多么"不合时宜",甚至在当时社会上的民众的眼里是"错误"的,这些都不要紧,是次要的。作为知识分子,在公共事务中应该理性和真诚地表达自己的观点和见识,并且在行动中做出表率。知识分子在社会上应该具有担当精神,并且与那些阿谀奉承的市井之风保持距离并持以鄙视的态度。若不如此,知识分子在社会上当无法承担起"知识的传播"与"文化的引领"的重任。法国的社会心理学家古斯塔夫·勒庞(Gustave Le Bon)在1895年出版的《乌合之众》(新世界出版社,2015年)一书中,曾经严厉地抨击过那种"从众"和"表里不一"的言行在社会发展中产生的危害。然而,不幸的是这种"从众"与"言行不一"的行为和心理广泛地存在于社会的各个阶层之中。此外,也应该避免另外一个极端——借用披具的"知识分子"外衣(例如:专家)对社会上那些非自己专业的事务指手画脚,乱放炮仗,特别是在其中夹杂着私欲,那将为世人所不齿。古斯塔夫·勒庞在《乌合之众》一书中还讲道:"比方说,一群组成了一个团体的科学家或者艺术家,在对社会上的一般性问题的判断方面,决不会比一群泥瓦匠或者杂货商更加高明。"因此,知识分子在对待诸如学术和社会发展的有关问题上,保持自己独立的见解将是多么难能可贵。同时,在日常的生活中,我更欣赏的知识分子是在为人处世中也持有一种礼貌和谦恭的风格,或称处事不惊。

其实,在我们生活的空间,也存在着古斯塔夫·勒庞于《乌合之众》一书中所剖析的问题,比方说一种在经济学和社会学领域中被称为"羊群效应"的事情。回忆我自己在上小学和初中的阶段,有时候会因贪玩而"逃学"。其中,有几次是与同伴一道去位于市郊的工厂或者田野中去玩耍。我有一个要好的同学的父亲在当地的牲畜屠宰场里工作，几个人就到那里去参观，顺便也帮着大人们做一点简单的事情，或者"捣个蛋"什么的。在那个年代，交通不便，铁路和公路的运输能力也有限，羊群都是从很远的草原上被徒步赶到城市里面来，有时在路上要花费一两个月的时间。在牲畜屠宰场里面，有几只专门驯养的"领头羊"。每次在宰杀之前，这些"领头羊"便会被人为地"混入"待屠宰的羊群之中，它们将会带领那些从草原上赶回来的羊儿从暂时圈养的牲口棚中进入待宰杀的场所。然后，这些"领头羊"会从屠宰场所边上的一道暗门后面全身而退，而剩下的那些跟随而来的数百只可怜的羊儿所面临的就是任人宰割的命运。在从众的心理驱动之下，我们将失去作为独立的个体对周围事物的分析和评判能力，整个群体的行为将为少数几个富于心计者所左右，如同前面所讲述的"羊群效应"一般。

在步入中年之后，我对参加一些学术活动感到发自内心深处的不适。在那种本不应该的沉闷和压抑的环境下，我无法做到既将自己内心中的不同意见坦诚地表达出来又不伤害那些热心的鼓噪者。我曾经有机会与几个彼此熟识的同事一道出席一些学术的或者社交的活动，相对于我而言，他们已经是久经沙场的专家。在那种场合下，令我吃惊的是，这些同事的举止同此前他们在我心目中的形象大相径庭。当我在私下里同他们谈起此事时，所能够得到的答案大致类似于"人在江湖、身不由己"之类的托词。而在我看来，如果不能够在学术交流的场合坦诚地表达不同的意见，倒不如选择沉默或者不去参加。于是，我本来期望的与同事之间推心置腹的交谈，便刚刚开始就在不融洽的气氛中夭折了。后来，我注意到人们如此热心于参加一些学术活动，其中除了利益的驱使之外，更为重要的原因恐怕是要"刷"出一种存在感，希望得到别人的重视或者显示自己之与众不同，就像明星们热衷于出席各种公众集会活动一般。还有一种因素应该是经济上的：出席或应邀参加一些学术活动，主办方除了会提供旅行和优惠的食宿安排之外，往往也会提供丰厚的酬金，后者也从另外一个角度"衬托"出与会者的身份之显赫。既然得到了别人的好处，当然要按照主办方的意愿做事情，这恐怕就是我能够猜测到的理由。其实，若仔细地思考这些知识分子身上带有的文化烙印，恐怕还有另外一种可能，那就是"小集团"的利益。一如社会上的其他阶层，知识分子中间也是成帮和分派的。往往，在这种貌似公正的学术场合，人们除了为个人的一己之利外，稍微扩大一点，就是每个人所在的小集团的利益。每当遇到譬如通过举荐、答辩和投票来进行筛选的场合，就会有人在下面做一些小动作，甚至试图操纵选举和评审的结果。在一些场合下，这些奇怪的现象看似是为了他人或者为了冠冕堂皇的所谓公正，但到头来往往是举事者本身或者他所在的小集团从中获益，而其他不明事端的参与者则是被利用了而已。

我还有几个当年的同事或同窗，在学术界经过一段岁月的"拼搏"之后转到了行政管理岗位的工作。他们成为执掌某一个行政部门的官员、研究机构的所长，或者是大学的校长之类。以后再见面时，客套和寒暄的话语多了一些，过去的那种坦诚相待便不复存在了。我曾经因为好奇，向这些同事或同窗中间的某些人打探为官的奥秘，但往往听到的是不满的牢骚和无可奈何的抱怨。出于同情，我常常会讲，在这个年头，如果你不想做行政的管理工作，应该没有人会强迫你继续占据这个岗位，至少你还可以有辞职的道路可以选择。每到这时，对方会瞪大了眼睛吃惊地看着我。我猜想那位同人内心中一定会觉得我这个人太天真且不可理喻。但是，我却觉得这是自己能够给予昔日的同事或同窗的建议，既然做事情不能够凭良心，为什么还要这么累呢？除非另有所图。

若干年前，我曾经写过一个短小的文稿，对在校园中一些机动车辆的行为进行评论，希望驾驶车辆者在校园中能够减速并礼让行人。那篇短文在寄给校报后，犹如石沉大海，一直没有被刊登出来，据说被某位领导"扣押"了。在交通规则里面，医院和学校的里面或附近是禁止鸣笛的，车辆的速度限制在每小时30公里以内，甚至某些地段要求在每小时5公里之内，以便充分地照顾路上的行人。然而，在我所任教的学校园区中，机动车辆行驶的速度常常远不止这个数值，鸣笛要求行人避让的更是大有人在。这其中不乏那些在旁人眼中被视为"大知识分子"的人士，或者是领导者们。即便是我在上下班期间以每小时20—30公里的速度驾车穿行于校园之中，常常在后面也会跟随一长串的车辆，被人戏称为成了"糖葫芦串的头"。此时，后边的车辆也会不耐烦地鸣笛。当我拐进路边的岔道终于将道路"让开"的时候，那些跟随的车辆从旁边呼啸而过，有些驾驶员甚至用上海方言从车中抛出轻蔑和污秽的话语，以显示自己的高贵。有一个周末我因事路过校园，看到里面的一处道路因为举办文化活动被临时性地阻拦了起来。此时，恰逢有领导的座驾途经此地，司机在车里鸣笛示意保安人员将道路给让开。我对他讲："不管在车里面坐的是何许人士，你都应该知道在校园里面是不可以鸣笛的。"

当年我在大学里面读书时的校长是位教育家，也是一位资深的革命者。我记得配置给他的座驾是一辆黑色的德国奔驰牌轿车，个头挺长。有许多次，我看到校长外出回来，车子在校园的大门外停下，他本人从里面走下来后，步行进入学校，去办公或者回到在宿舍区的家中。据说，在我读书的那几年，校长一家就一直蜗居在"文化大革命"期间他被"打倒"并下放后暂住的"筒子楼"里面。只在极少数的情况下，我见到过校长的车子停在教学区里面的一座小楼的边上，入夜后那里的灯火亮着，学校在接待外宾的来访。我曾经将自己的这个经历讲给我所任职学校的一位校长听，因为我们曾经在同一所大学中读书，彼此在上学期间的所听、所见虽可能不尽相同，但是希望大学里面的文化烙印对我们的影响是相似的。其实，在百姓的心目中对为官者的评价标准应该是其在位期间为被领导的对象（下属）提供了怎样的服务，以及做出了什么样的榜样。在我们的内心或者茶余饭后的闲谈之中，对于已经卸任的领导人的怀念也常常是因为其当初在岗时就上述两点所发挥的良好作用。

若干年前，母校的一位老师给我介绍过一个剧本，名为《蒋公的面子》。里面讲述的故事发生在20世纪的40年代，与当时民国政府的总统蒋介石曾经担任过国立中央大学的校长一事有关。据说，蒋介石在担任中央大学的校长之前/期间，曾经设宴邀请一些社会上的名流和企业界人士，中间也包括当时在中央大学任教的三位知名的国学教授。后来，在2012年，南京大学文学院的师生将这段故事改编成了一出话剧，取名为《蒋公的面子》。剧本中的主角——三位教授，有人政治倾向激进，对民国政府的专制痛恨之极；有人埋头做学问，不问政事，尽管承认蒋公是国家的领袖却不认同其做校长一职；也有人拥护战时的民国政府，认为蒋公出任校长将有助于学校的长久发展。无论这三位教授的政见有着怎样的差别，在生活中有着怎样的喜好不同，也无论他们中间的某一个人或者全体最终是否去赴宴，他们在话剧中的角色诠释了一个共同的价值观，那就是知识分子人格的独立性。正如有人在对话剧《蒋公的面子》的评论中所谈："作为教授，他们学有专攻，看重自己的工作岗位，拥有自己的人格。在权贵面前，这三位教授依旧能够坚持自己的价值判断，秉承自由与独立的精神。"我虽然无从考证在80多年前，当时的知识分子和社会的精英们的特质与今天有什么不同，却有幸感受到这种大学的文化对一代又一代教师和学生的影响。回想起来，在20世纪70年代的后期和80年代的初期，"文革"十年带来的社会影响依旧很强，人们的思想受到"两个凡是"等理念的严重束缚。彼时，南京大学哲学系的老师却敢于冒天下之大不韪，提出"实践是检验真理的唯一标准"的理论命题，由此引发了一场关于真理标准问题的大讨论，推动了全国性的思想解放。

其实如果留意，古斯塔夫·勒庞在《乌合之众》一书中所批判的"从众心理"在我们的日常生活中也是屡见不鲜的。例如，聘请体育、影视圈的明星或者社会上的知名人士为某一种商品做广告宣传，是商家常用的促销方式。但是如果仔细分析，那些在节目中做广告的明星或者知名人士，其实在对其帮助促销的商品的用途/特点或者性能/价格比上的判断恐怕不及那些坐在电视机前的观众本身。而且，我怀疑那些参与促销活动的社会名流们并非其推销物品的直接用户，恐怕有些人并未真正地使用过这些被其极力推销的商品。在这中间，聪明的商家所利用的是明星们所具有的社会声誉的光环，以及百姓们在选择和购买物品过程中的从众心理。其实，就这样一个"从众"的问题，在中国也有一种类似的说法，比如"入乡随俗"，大约指的就是这个意思。似乎是，融入一个群体之中，我们每个人的感觉会产生不同，譬如觉得更为"安全"一些。这颇有些像在海洋里面的沙丁鱼的行为，众多的小鱼聚集在一起，形成一个庞大的鱼群，使得捕食者不知如何应对。此外，在一个群体中，集体的行为会实现一些仅凭个体所不能够获得的利益，因而加入群体，便可在其中分得"一杯羹"。另外有一点也常常被人们所忽视，我觉得在一个群体之中，个体会觉得他不用为群体的行为失误承担责任，或者说在群体中的个体所应该承担的"失败风险"被人为地减小了，即"法不责众"。就如在国内的大街上乱过马路一样，只要是大家（例如：三人以上）都乱穿马路，谁也没有办法阻止。

我们对"学术自由"的尊重应该包括两个方面，即内在与社会的两种因素。前者应该指一个人的思考不受到来自外部的压力与干涉的影响，后者则需要考虑文化层次的差别，允许人们在适当的场合畅所欲言地表述个人的学术思想，社会对此予以宽容和接纳。科学与艺术，以一种我们尚不完全理解的方式（意识形态）相联系。对于这种自由的保证仅仅依靠法律是不够的。法律从某种意义上来讲，是社会体制与道德发展到一定阶段的产物，具有时代上的局限性。

我再次回到母校并见到自己的恩师们已经是本科毕业25年之后。老师当年授业予我们的时候，恰逢风华正茂之年，如今已是满鬓的鹤发。我的老师之中，有一些当年在读书时就是中国共产党的地下工作者，资历、成就和在学术界的威望都颇高，可是老师见了我们，一如当年的温文尔雅，谈及师生之间的情谊，待人依旧礼数有佳。后来，在学术界我也有机会与比我毕业早很多年的学长们一道共事，发现他们一同我的老师们的风采，说话、做事和颜悦色。那时，在心中会问及自己：母校文化的烙印在我的身上是否褪色了？

关于科学家的成就

我们是否可以提出下面这样一个问题：为什么在业界津津乐道和在文献中具有重要影响的学术成果往往是研究人员在发达国家中制造出来的？尽管不时会有种族或极端主义的分子宣称，在这世界上存在人群/民族之间的优劣差异。但是，在我看来，就人类历史演化的数百万年后的今天，不同人种、民族在智商和情商之间的区别应该是不存在的。至少，在人类学的文献和史料的记载中没有直接的证据指向这里。就这样一个问题，相反的例证倒是挺多的，譬如已经卸任的美国第 44 任总统贝拉克·侯赛因·奥巴马与彼时他尚在非洲肯尼亚的同父异母兄弟。不久之前，在报纸上曾经披露过一则消息：曾经有两位澳大利亚的妇女在同一天、同一所医院各自生下来一对双胞胎的兄弟，这在当地属于稀罕之事。但更为离奇的是，当年这两位孕妇在产后出院时，值班的医生竟然阴差阳错将两家的孩子中的一个错抱到另一家。这两户人家一个居住在城市，属中产阶层，另外一个则居住在乡下，经营着一个农场。一晃，时间过去了二十几年，当故事中的两对父母分别找到了当年因医院的失误错留在对方家庭中的那个亲生骨肉的时候，两个孩子的处境已经出现了巨大的反差。居住在城市的两个孩子因家境优越，在大学毕业后分别成为建筑设计师和会计师；而那两个留在农村家庭的孩子则依旧生活在乡下，没有机会接受高等教育，而是合伙在住所附近经营着一个肉铺。

就与此相类似的问题，美国的一位学者贾雷德·戴蒙德（Jared Diamond）在其所著的《枪炮、病菌与钢铁——人类社会的命运》（上海译文出版社，2016 年）一书中曾经讲道，不同的社会之所以在各个大陆经历了光怪陆离的发展路径，归根结底在于所处环境的不同，而非人类不同种族之间在生物学层面上的差异。在历史上，只有在获得充分的粮食并具有盈余的稠密定居社会中，才具备诞生先进技术的必需条件，形成具有中央集权的政治和其他复杂的组织架构（例如：分工）的社会特征。由此，这些地区获得了发展科学与技术的先机，其本身具有的基因和文化特点伴随着社会的发展，逐渐地演化成为古代文明和现代世界的主宰。在公元 1500 年之前，历史书上记载的古代文明发源地和人类对自然界的动、植物的驯化热点都不在今天的欧洲和北美地区。在历史上，文明的传播与驯化的动、植物的传播是同步的。在贾雷德·戴蒙德的《枪炮、病菌与钢铁——人类社会的命运》一书中，古代人类在科学与技术上的成就，在文化与艺术层面的璀璨，集中在新月沃地（注：在今日的中东一带）以及由此向东延伸的东亚和向西的地中海沿岸地区，呈现沿着纬度分带的格局。由此，早期的科学、技术与文化艺术的进步沿着东西向的传播要优先于在南北方向上的扩展。

德国的学者卡尔·施密特（Carl Schmitt）在《陆地与海洋——古今之"法"变》（华东师范大学出版社，2006 年）一书中讲道，科学与技术上的发明无处不在，无时不在。尽管现代的工业革命起源于18世纪的英国,但是没有证据表明英国人在科技方面的天赋就比其他的民族更为优越。在这中间至关重要的是,从这些科技的发明中做出了什么事情来,而且这还取决于是在什么样的人群范围以及什么样的环境中做出来的。或者说,科学与技术上的发明落实在了何种具体的社会制度之中。卡尔·施密特在《陆地与海洋》一书中进一步解释说,虽然古代的中国人在很早就发明了火药,但是在当时那种僵化的社会体制中,火药这种发明只被用来作为娱乐的材料和制造爆竹。相反在欧洲,火药的发明促成了阿尔弗雷德·诺贝尔(Alfred Bernhard Nobel)及其后继者的种种伟大的创造,其中也包括各种其他种类譬如名为三硝基甲苯(俗称:TNT)的炸药。由此,我们是否也可以想到,虽然我们的先人在很早就认识到了含铁矿物具有磁性的特点,并且在宋代就发明了指南针,然而磁性矿物材料在环球航海中的大规模应用以及地球表面存在南、北磁极的理论,却是后来在17世纪之初由欧洲人做出来的?

由此看来,那些在社会上和学术界的成功人士,他们所取得的成就在很大程度上也应该归咎于在成长过程中接受的教育和其工作、生活所处的环境。回想起来,已故的南非总统纳尔逊·曼德拉曾经讲过一句至理名言:"教育是一项未来的回报最为丰厚的投资。"我在学术界的一位朋友出生在位于非洲东部的乞力马扎罗(Kilimanjaro)山脚下,在瑞典的乌普萨拉大学(Uppsala University)获得博士学位后,在教育和研究领域很是成功。这位故友目前在位于坦桑尼亚阿鲁沙(Arusha)的纳尔逊·曼德拉非洲科技大学担任副校长一职。一次在大家聊天时,这位教授对我讲起,当年在离开乞力马扎罗前往位于达累斯萨拉姆(Dar es Salaam)的大学读书之前,他不知道除了利用香蕉制作的饭菜之外，在这世界上还有其他的美食。席间，我的这位朋友很是感慨，说教育改变了他的人生。

我在年轻时曾经天真地以为，通过一个人自身的努力可以实现埋藏于内心中的报效祖国的目标，但后来的事实证明并非如此。我们在头脑中产生的想法和能够做的事情在很大程度上受限于我们生活的环境。一个人在科学上能够取得何种的成就，不仅仅在于我们能够创造性地构想出些什么，也在于国家的工程和技术能力是否能够将那些看起来伟大的设想付诸实现。

在这个星球上，我们的科学发展到了今天，已经处于这样一种状态，即任何的进步都要强烈地依赖于在技术领域中的突破。现今，在城市和乡村公路上行驶的汽车中，很多都是进口或者通过中外合资企业生产的。我在写下这些文字时，回想起当年在填报高考的入学志愿时，有一栏里面写的是"汽车发动机设计专业"，与受到父亲职业的影响有关。迄今，我仍旧以为，国人同样可以设计出来概念很先进的汽车，但是可能更重要的是，要能按照图纸的要求加工出来。汽车的生产涉及许多的行业，譬如材料专业和精密加工专业。

美国的两位学者，德隆·阿西莫格鲁（Daron Acemoglu）与詹姆斯·罗宾逊（James A. Robinson）在2015年出版的《国家为什么会失败》（湖南科学技术出版社）一书中，对比和分析了仅仅一墙之隔的墨西哥与美国、德意志民主共和国与德意志联邦共和国、韩国与朝鲜等，于过去的几十年中在经济和社会发展过程中逐渐拉开的差距。在影响人类文明发展的诸多因素中，教育、贸易、投资、技术革新无疑是推动社会蓬勃向前的引擎，而这些要素在推动国家进步中所能够发挥的作用取决于我们所处的环境与社会的文化氛围。德隆·阿西莫格鲁与詹姆斯·罗

关于科学家的成就

宾逊在《国家为什么会失败》一书中指出,虽然西班牙和葡萄牙在针对地球上其他地区的探索(譬如:寻找美洲大陆和环球的航海)的早期占据了优势,但是英国却在欧洲国家之间对海洋和世界瓜分的竞争中击败了对手,最终脱颖而出。根据对文献和资料的考证,历史上西班牙与葡萄牙对世界的探索是出于皇室的需求,帮助其满足领土扩张和敛财的野心。于是,对物资的掠夺和财富积累也是毫无悬念地服从于(属于)皇室。相反,英国在17世纪末期的"光荣革命"之后,选择了相对民主的制度,获得了利用民间资本对海洋和新大陆进行探索的机会,同时国家出动海军保护平民在公海上的利益和海外的贸易。如此一来,英国激发了民间在贸易和投资领域的热情,也为技术上的革新提供了广泛的应用场所,很快地英国就实现了在整个社会层面上的物质财富的积累。其结果是,在17世纪到19世纪的两百年间,英国超越了欧洲的其他国家并在世界范围内占据了科学和技术上的领导地位。

我在进入大学读书之前曾经有过短暂地在工厂里面做事情的经历。当时,工人在车床前检查加工的零件和测量公差都是利用千分尺。出国读书期间,我所在大学中的一个普通机械加工车间里面的车床都是数字化的,这令我非常震惊。当年,我们生产的汽车在出厂或者修理下线后,都要在中低速下行驶一段里程(注:5000公里)之后,车辆的各个部分与零件才能够达到正常运行的设计要求。所以,当时的车辆在出厂时,往往会在后窗贴上一个"磨合"的字样,这个过程还被写进机械保养的手册里面。而西方国家生产的车辆在下线出厂后,基本上没有这个限制,我猜想部分的原因是同那里的数控机床加工的精度比较高有关。

其实，科学家想到和能够做到的事情在很多的情况下仰仗于其所处的学术环境，与国家的技术水准、工程实现能力、研究的文化和经费/资源的充裕程度有关，特别是那些在相当程度上依赖于高端技术的专业。譬如，在我们赖以生存的这个星球上，海洋占据了超过70％的地表面积。然而，放眼望去，关于开阔海洋（例如，200海里经济专属区之外的深海）的观测和研究基本上都为世界上少数的几个发达国家所垄断。大多数发展中国家就海洋科学的研究能力都比较有限，且集中在近海。这其中的原因恐怕是：针对开阔海洋（深海）的科学研究需要更多的资金投入、更为先进的观测技术，以及更高的基础研究水准。因而，许多发展中国家因为资金的匮乏、技术的落后和工程实现能力的不足，对于开阔海洋的事情望而却步。就这一点而言，乌拉圭的作家爱德华多·加莱亚诺（Eduardo Galeano）在《拉丁美洲被切开的血管》（南京大学出版社，2018年）一书中做了淋漓尽致的剖析。作家在书中指出："发展中国家的双重悲剧就在于，它们不仅仅是国际集中化（全球化）进程的牺牲品和市场，而且在以后还得为自己的工业落后付出高昂的代价。也就是说，得在一个充斥着业已成熟的西方工业化产品的市场中进行本国自身企业资本的原始积累。"

我在职业生涯中，有机会与来自发展中国家的科学家和教授们共事，我所在的实验室也接受过来自非洲、东南亚与欧洲国家的留学生与博士后研究人员，对那里的高等教育和研究的环境也有所了解。我曾经有机会与位于坦桑尼亚的阿鲁沙的纳尔逊·曼德拉非洲科技大学的教授们一道合作，研究发源于乞力马扎罗山的潘加尼河流域的生物地球化学问题，并联合指导一位来自那里（注：坦桑尼亚）的留学生。对方的合作教授中

图 6 在坦桑尼亚的潘加尼河（Pangani River）流域的工作照。作者曾经与留学生朱玛在那里做过野外的观测工作。图中，在位于阿鲁沙的纳尔逊·曼德拉非洲科技大学任教的阿尔弗雷德·穆佐卡（Alfred Muzuka）教授刚刚从湖中采集到一个沉积物的柱状样本。不幸的是，在几年前，我的这位挚友因心脏病突发，在位于阿鲁沙的家中去世了。在教授的身后，朱玛正在小船上收拾物品，后方的站立者是当地的一位渔民。

有两位分别在加拿大的蒙特利尔大学（Université de Montréal）和瑞典的乌普萨拉大学获得博士学位，比我所在单位中的许多同事接受教育的背景好很多。在对潘加尼河流域的野外考察中，其中一位教授一路陪伴我们，更是在河马与鳄鱼出没的河口附近，在淡、海水交汇的主流区划着独木小舟亲自采集沉积物的柱状样本。那位教授在河口的主流区作业的时候泰然自若，在岸边驻足观看的我则于心中充满了担忧和紧张（图6）。夕阳之下，在作业小船旁边栖息的河马受到惊扰，从鼻孔中喷出了高高的水柱，也令我在内心中感受到了强烈的震撼。在阿鲁沙工作的日子里，晚上经常停电，而且不知道是在何时开始，要断电多久。有些时候，我们从野外观测回来，晚上因为停电，不能够处理白天采集的样本，就先去睡觉，等到第二天的拂晓再开始做室内的工作。我们课题组在国内的实验室里面的装备中有一些对工作环境有着特殊的需求。例如，用于同位素成分测量的质谱类设备，需要在高真空度的状态下才能够正常地工作，每一台仪器的价格动辄数百万元人民币。如果是在坦桑尼亚的阿鲁沙那里的工作环境下，经常地停电，而且还不知道何时停电以及断电多久，这些贵重的设备恐怕不仅不能够正常地发挥作用，而且很快就会因频繁地停/断电的事故被损坏，不得不申请报废了。

不同国家之间，在高等教育方面的投入和硬件设施的维护方面的差别也是很明显的。在位于坦桑尼亚的阿鲁沙的纳尔逊·曼德拉非洲科技大学，拥有的期刊和图书的数量非常有限。在偌大的学校图书馆中，很多的书架上面是空的，因为没有足够的经费去购置师生们所需要的资料。在我们讨论同该校的双边合作备忘录时，非洲的同事希望我们能够就图书和资料的共享方面提供一些帮助。在纳尔逊·曼德拉非洲科技大学的校园中，实验室里面堆放了一些尚未开箱的进口设备，原因是目前尚缺乏运行这些仪器/设备的配套设施，其中也包括稳压电源系统（注：大功率的UPS）。在过去的二十多年中，我也有机会同巴基斯坦海洋研究所的同事一道研究过印度河口的三角洲湿地，它位于阿拉伯海的顶端。据说，印度河三角洲是在这世界上受波浪影响最强的河口之一。在我的合作伙伴中，有一位同事曾经就读于南安普顿大学（University of Southampton）的海洋研究中心，那是英国海洋科学研究中最负盛名的学府，他在那里获得博士学位。我们一道在野外工作结束后，那位同事委托我将一台比较简易的美国"海鸟"公司（Sea-Bird Co.）生产的测量海水的电导率（Conductivity）、温度（Temperature）和压力/深度（Depth）的设备（注：俗称"CTD"）带回中国来修理。其中的原因是，在若干年前巴基斯坦的海洋研究所依靠世界银行的贷款，进口了这台现在看起来并不很先进的CTD。但是，当这台设备在随后的使用过程中出了故障时，海洋研究所却没有经费，同时在巴基斯坦也找不到地方对其进行修理。我记得还有一次，马来西亚婆罗洲（Borneo）的两位年轻的海洋科学家到上海来访问，在我工作的河口海岸学国家重点实验室的设备间参观时惊叹，这里用于在野外对流速/流向和悬浮泥沙含量的观测传感器，若仅就数量而言恐怕已经超过了他们国家的所有大学中拥有的类似设备的总和！

　　因而，对于实现类似的研究成果，身处不同的发达与发展中国家的研究人员所耗费的精力、时间以及付出的代价会有很大的差别。许多在发达国家看似轻而易举就能做到的事情或者实现的目标，在发展中国家的研究人员眼里是那么遥远而不可及。我在坦桑尼亚的同事需要将样本千里迢迢带到中国来测量里面的碳、氮稳定同位素成分，巴基斯坦的同事需要将样本寄到上海我所在的实验室里面做植物色素成分的甄别。类似这样的研究内容在美国或者欧洲的许多大学和研究所中都被算作常规的测试，只需打一个电话或者填写一个送样单就可以实现。

所以，仅仅从发表的研究结果角度来衡量一个科学家的成就是不对的，至少不够客观和公正。在我看来，还应该考虑到科学家是在哪里、什么样的条件下，以及利用什么方式才取得了如此的研究成果。在我的周围，许多人当谈到研究工作的成功时，喜欢将其归于个人的因素，譬如自己如何与众不同；而当讲到困难、挫折或者是与别人之间的差距时，又推诿或者迁怒于所处的环境。

然而，遗憾的是，在科学研究中追求的是"第一"，在许多人的眼里看重的是成果发表的优先权，很少人在意这其中所付出的艰辛。即便是在中国的历史上，我们也有诸如"文无第一、武无第二"之说，寓意应在于此。在我个人的职业生涯中，曾经有一段时间为国际上的专业期刊做一些编辑和审稿的工作。从良心和恻隐之情的角度出发，我对于那些来自发展中国家的研究成果在决定录用和发表的时候相对更加宽容一些，当然前提是这些研究的成果已经满足了专业期刊的出版要求，而不是像有些人那样吹毛求疵。在私下里，我也同一些曾经在发展中国家接受过教育、目前在发达国家工作与生活的科学家就此事交换过意见，他们中间的一些学者至少在表面上也赞同这种观点，尽管在就具体的问题处理过程中我们各自采用的方式存在着不同。

在国际的学术舞台上，我也注意到那些来自发展中国家的科学家就其研究经验而言，多学科的交叉味道更浓，而来自发达国家的科学家则相对更加专门化一些,至少对于海洋科学是如此。我曾就这个现象进行过思考,与同事就这个话题进行讨论,同时也反省自己的成长经历。现在看起来,不同国家之间就工作环境、技术水准和工程实现能力的差别在科学家的身上留下了深刻的标记。在发达国家,由于技术先进、装备精良,研究的经费也比较充足,整体上的工作环境和生活水平都比较优越,那里的研究人员能够专注地从事某一项研究活动,持续地就某一个研究领域进行钻研与开拓。相反,在大多数的发展中国家中,上述在环境与技术方面的优势是不具备的。那里的科学工作者群体中的有些人不得不身兼数职,寻求经费方面的资源以维系研究工作。中间,也可能由于政局的更迭,教学和研究工作不得不中断,半途改行;也有一些人会遇到诸如资金、设备的限制和来自生活环境的压力,研究工作常常难以为继;等等。这样一来,发展中国家的科学家虽然做了许多事情,培养了具有审视问题的多学科交叉视野,但就具体的研究领域而言往往无法做到很深入。我们都知道,如果不能够持续地在某一个学科中进行探索,那么就难以在它所涉及的领域中就研究的成果方面取得突破和占有优势。我有一位相识多年的俄罗斯同事弗拉基米尔·舒尔金(Vladimir Shulkin)博士,他是一位颇有建树的环境地理学家。有一次出差期间,我们两人在哈巴罗夫斯克(Khabarovsk,也称伯力)一道吃饭时,他对我讲道,作为自然地理学的教授,在20世纪的末期苏联解体之后的一段时间,他不得不去做潜水教练,以解决生计问题。那天在听过他的坎坷遭遇之后,我在心中十分地感慨。

虽然,许多人都在不同的场合下宣称"科学无国界""科学是造福于全人类的"等,但是作为进行科学研究的主体,人本身是具有国籍的。同样的，科学研究的成果与技术创新的产品，皆被贴具国家的标签，并承载着优先的次序。具体而言，研究的成果和申请的专利是在某一个国家中的某一个实验室里面做出来的，因而在它们的身上是贴具"身份"的标签的。更何况，学术界也是通过研究成果/获准专利的拥有者所隶属的单位和所在的国家来判定其归属性。在社会上，那些学术评估的机构也是根据研究成果的属性和拥有优秀科学家的数量等等，来判定一个研究机构或者大学在世界上的排名。在这方面，不同国家之间，甚至同一个国家的不同研究机构、不同的课题组之间都会就研究成果的归属和发表的优先权进行竞争。在历史上，这种事情司空见惯，譬如我们大家熟知的德国与英国就戈特弗里德·威廉·莱布尼茨（Gottfried Wilhelm Leibniz）与艾萨克·牛顿两人中间究竟是谁首先发现了数学中的微积分之争，不仅影响了17—18世纪的欧洲科坛，而且至今仍然悬而未决。对于科学研究成果的优先权与其归属性的问题，美国的学者罗伯特·默顿在其所著的《科学社会学》一书中讲道，在一个由众多民族和国家组成的世界上，每一个国家和民族都有着它自己的优越感，并希望这种感觉得以展露并且获取认可。新的发现和研究成果的诞生不仅仅是增加了科学家作为个体的荣誉和成就感，也增加了一个民族和国家在这个世界上的自豪感与威望。

　　类似的问题在生活之中也是屡见不鲜的，并且也有学者在公共场合通过宣传媒介表达对社会上发达与发展中国家之间的这种处于不公平条件下的竞争的不满和抗议。2016年的春天，国内上映了一部伊朗的电影，题为《我和我父亲的自行车》。在电影中，主人公小男孩一直在骑着一辆父亲去世后留下来的破旧的自行车上学、帮家里做事情，母亲则靠着替人做衣裳来维持家里的生计，拉扯着两个孩子。小男孩在学校里面因为家境贫寒，常常受到别人的嘲讽和耻笑，做梦都想有一辆新的自行车。因为家里的那辆自行车过于破旧，经常出故障，并导致上学迟到和不能够将母亲缝补好的衣物按时地送到交货的地点。在影片的最后，小男孩在家里的母亲和妹妹的鼓励之下，去学校参加了自行车竞赛，用自己那辆破旧的自行车迎战别的同学的山地车，并且在历尽艰辛之后获得了第二名。影片的结尾颇为令人感动：出于同学之间的情谊，那位获得第一名的同窗将学校奖励的一辆崭新的自行车与小男孩的奖品交换，而小男孩又将那辆自行车忍痛卖掉，为母亲换回一架新的缝纫机！回味这部电影，我觉得除了其故事情节本身之外，令人反思的是在室外的场地上，一新、一旧的两辆自行车之间在空旷田野中的角逐，那是一场不公平、不对等的角力，就如同在学术舞台上发达与发展中国家之间的科学家群体的竞争一样。

在过去的若干年中，我有机会在东南亚、非洲和拉丁美洲地区的国家中旅行，在那里也有机会与不同文化背景的人士接触。在同这些国家的学者们聊天时，时常会令我意识到在发展中国家做科学研究（例如：地球科学）所面临的窘境。发展中国家的实验材料/研究对象在早期被用于实践从发达国家产生的学术理念和检验从发达国家产生的研究技术，而当发展中国家开始建立自己的研究体系时，或者说在发展中国家的科学家成长起来并开始独立从事研究活动时，却又面临着诸如基本的理论、先进的技术、优良的实验装备以及研究活动实施的场所/领域等早已经为发达国家所垄断的不利局面。特别是当发展中国家的科学家在国际的学术场合中若面临着语言和技术等方面的困难时，这种同发达国家的竞争就变得尤为不平等和不幸。

知识分子的社会角色

在学术界"混"得久了,便经常可以听到周围的同事在发一些牢骚。我们抱怨自己的薪水比较低、生活的压力过大、工作的环境不顺心,如此等等。更有人信誓旦旦地说,现今知识分子的待遇不如从前,似大有奋不顾身行打抱不平之壮举。然而,就是同样的一批人在遇到学术界的腐败和不端的情景时,也会慷慨陈词予以讨伐,好像自己置身度外,好像社会上的事情与己无关一般。其实,作为知识分子,在享用社会提供的财富和给予的尊重的同时,也应该予以回报,挺身而出承担相应的社会责任。学术界的腐败和不端的现象自古有之,且由来/持续已久,这也同我们每个人不能够自觉与有效地抵制和摒弃种种陋习有关。扪心自问,我们自己又何尝不是生活在这样的一个环境之中呢?

我觉得,在现今社会对知识分子的评价体系中,我们每一个人都是学术共同体中的一个分子。因而,我们在社会上不再是一个局外人的角色。当我们批评社会对待知识分子不够公允的时候,言下之意强调的不再是个体,而是学术共同体的概念。同样的,当社会上诟病学术界或者说知识分子群体中出现的弊端时,我们也不应该刻意地将自己"剥离"出来(注:其实,也做不到独善其身），显然也应当承担相应的群体责任。1995—1996 年，我在利物浦大学的海洋学实验室工作。在 1995 年的 5 月上旬于伦敦举办的第二次世界大战结束 50 周年的纪念活动中，当时的英国女王伊丽莎白二世发表了一个讲演。在演说中她讲道："当我们在批评别人之前，首先应当反省一下自己的作为。"这句话在我看来，也可以延伸到在一个学术共同体中个人的作用与社会责任的问题。的确，学术共同体的角色不是由其本身，而是由社会所确定的。我们作为个体，在享受学术共同体所具有的群体属性的同时，也不应当回避自己的社会责任，并且恰恰相反，应该挺身而出，勇于承担相应的社会责任。譬如，我们国家的各行各业，现今都在提倡国际合作，似乎是为经济的全球一体化的发展浪潮所裹挟。但是，作为知识阶层的一员，我是否仔细地思考过在不同的行业之间、不同的年代里，此"国际合作"同彼"国际合作"之间的异同？或者，当不同国家的学者在讲到"国际合作"的时候，他所处的水准或依据的"平台"是否对等？

在 20 世纪的 70 年代末期与 80 年代的初期，恰值国家改革开放的起步阶段。那时，欧洲与北美的科学家纷纷乘着中国改革开放的春风，到大陆来寻求国际合作的伙伴。1979—1980 年，美国政府派科考船到中国来，支持中、美两国的海洋科学家联合进行关于长江口与东海陆架的观测项目。在 20 世纪的 80 年代至 90 年代，我本人也参加过若干次由欧洲与美国科学家发起和组织的在中国近海的国际合作计划。此外，我本人也在 2006—2011 年，同德国的同事组织过针对海南岛东部的陆-海相互作用的合作项目。在这些中外合作的计划中，发达国家的科学家们以中国的河口与近海作为实验场所，检验他们依照在世界上的其他地区的研究结果所建立的理论，输出他们的技术和学术理念，同时也为发达国家的仪器和设备寻找到一个推广和推销的场所。毫无疑问，通过上述这种国际合作的项目，我们自己从中也经受了训练并且逐渐地成长起来。

然而若回顾我们的成长历程，自从20世纪的70年代末期中国的改革开放以来，40多年已经过去了，中国的经济、科学与技术的水准已经达到了一个空前的局面。相对地，在一些领域，我们应该已经超过了40多年前西方国家在当时的经济与科技水平。这个时候，我们在这世界上寻找和选择国际合作的伙伴时，也就应该想到，需要到哪里去检验我们的研究成果、推广我们的实验技术，以及通过国际上的合作在这个世界上培养出对中国友好的年轻一代的科学家群体。

我依旧记得当年国家曾经以老百姓制作出的8亿件衬衣为代价，从美国的波音公司或者欧洲的空客公司那里购置一架飞机！如今，当中国也具备设计和生产商用飞机的能力的时候，可否扪心自问，我们生产出来的飞机或者类似的产品的市场在哪里？

2015年的1月，我随着国家的第31次极地科考队去了中国设立在南极半岛上的"长城"站，并且在那里参加了为期两个月的度夏观测活动。中间，往返都经过智利，并有机会在那里逗留数日。无论是走在智利的边陲小镇蓬塔阿雷纳斯（Punta Arenas）的环海公路边还是首都圣地亚哥（Santiago）繁华的大街上，都可以见到中国自主品牌的汽车，像长城、吉利、江淮、比亚迪、长安、奇瑞等。我曾经在街边计数过，见到的国产车大约有10个品牌，就连在蓬塔阿雷纳斯接送我们的面包车也是国内江淮公司的产品。这些汽车，系由国企或者民营企业制造的，在为国家创造了财富的同时，无疑也在世界上树立了中国的品牌形象。同样也是在智利，我还在首都圣地亚哥的街边见到了华为公司的巨幅广告，大型的购物广场中见到当地的人们在排队等待进入标识有"华为"产品专售的商店，想必在那里也能够买到心仪的、来自中国的商品。同样地，当我随着来自坦桑尼亚的留学生在乞力马扎罗山脚下做野外观测时，中间旅行所搭乘的大巴车辆是来自郑州宇通公司的产品。这些民营的企业具有长远的战略眼光与扎实的技术实力，通过在国外生产和推销来自我们独立制造的、具有自主品牌的产品，为国家创造了价值，在世界上赢得了声誉。在外国人的眼里，这些民营企业所代表的，已经不再是一个个单一的品牌，而是贴有中国标签的经济共同体。在我看来，上述这些企业在为国家创造财富、利用其产品为世界上不同种族的人民提供服务的同时，也承担了重要的社会角色。

反省我们自己，在经历了 40 多年的河口与海岸科学研究工作的积累和铺垫以后，在近岸海洋科学的领域中、多学科交叉研究方面的技术和理念已经基本成熟。这个时候，我们应该想到在世界上的其他地方检验我们于中国的河口、海岸、近海的研究工作中取得的成果的有效性，推广我们在中国取得的观测和实验技术的普适性。于是乎，在世界范围去寻找合作伙伴，开展河口、海岸与近海的多学科交叉研究就成为我们肩上所应承载的且不可推卸的社会责任。这想必也就是前辈们当年所希冀却又没有机会和能力去做的事情。

在大学的管理层工作的人士，大概很少有人不为目前的硕士、博士研究生的毕业论文的质量感到"头痛"。谁让我们的高等学府都争先恐后地朝向世界上的"著名研究型大学"那个标签去冲刺呢？因而，在各个大学里面，管理者为了提高研究生的培养质量，约束在研究生的毕业论文中出现的"抄袭"行为，引入了各种各样的措施。譬如，在研究生的毕业论文送出校外"盲评"之前，要将申请答辩的论文在计算机的检索系统中做"查重"的分析。根据我的理解，就是将毕业论文中的语句利用计算机的程序去跟某些范围内已公开发表的文献做比对，看看在语言书写的层面上，重复的程度是多少。在通过这一关之后，研究生的毕业论文会被送给校外的3—5个专家进行匿名的评审。管理者或许以为，通过这样的方式进行"把关"，我们学生的研究工作（毕业论文）的质量就会提高了，其实非也。

在我的职业生涯中，有做过匿名的评审专家，参加硕士、博士研究生毕业答辩的经历。在我们的一些同事中，的确有人平常对自己指导下的学生要求不够严格，或者说没有很好地担负起指导教师应该承担的责任。中间，有一些老师给自己指导的学生拟定的研究课题，其目标远超出研究生本人的能力，或者所在的实验室不具备开展相关研究活动的必要条件。譬如，我曾经在20世纪的90年代初以后的将近十年中，为国家自然科学基金委员会评审过若干个与测量海水中溶解态的痕量元素（例如：铁）有关的申请书。但是，在递交这些申请书的人士中，有些是因为读了一些相关的文献觉得这样一个研究命题比较"时髦"，但是缺乏任何前期的相关工作经验；另外一些则是对于海水样本中的痕量分析在技术层面上的挑战缺乏深入的理解，其所在的实验室并不具备必需的环境和设备。但是，有一点是共同的，就是在这些项目的申请书中，都强调对研究生的培养，或者说硕士、博士研究生是执行该申请项目的骨干。不过遗憾的是，后来我并没有从文献中读到这些项目的申请人所在的实验室发表的关于海水中溶解态痕量元素（注：当然也包括铁）的研究成果。

有一些指导教师出于不同的目的或者情况（譬如：担任的公职过多或者吸纳的学生过多），平时对自己指导的研究生缺乏有效的监督，以至于在后者的毕业论文中出现了明显的瑕疵。而这时，导师又不愿意得罪人（学生），于是将希望寄托于送到校外的"论文盲评"，我自己就有过这样的经历。回想起来，我们指望或者寄托于毕业论文的盲评对学生的研究工作进行把关，是把自己应该担负的责任推卸给别人，而那些外部的评审专家们或者对研究生的工作缺乏足够和细致的了解，或者压根觉得"事不关己"。利用这种"盲评"的结论作为"尚方宝剑"，显然也有其固有的弊端。如果一份文稿出自自己的实验室，假如我们本身都认为是有问题或者不满意的，对外人而言，一般会有更多的问题需要解决。如果我们自己对学生的毕业论文"放水"，怎么能够指望别人帮助将我们的研究水平提升上去？

有一段时间，我所在的单位为了应付国家科学技术部的评估要求，需要招募和引进一些带有"头衔"的年轻人士或者学有成就者，以便在总结材料中关于人才队伍组成的报表上显得比较充实。为了鼓励大家积极地寻找上述愿意加盟的人士，重点实验室的领导层还为能够引进这些带有头衔的"千里马"的工作人员设立了"伯乐"奖励。此举倒是令我回想起了在古希腊的伊索（Aesop）所著的《伊索寓言全集》（译林出版社，2010年）中读到过的一则故事。在那则名为《牧人和野山羊》的故事中说，一个牧人和他的羊群被突如其来的暴风雪困在了山洞里面。牧人对自己属下的羊群比较苛刻，仅仅给予有限的饲料，少得只能勉强果腹。而为了将从外面混入的野山羊据为己有，牧人给野山羊添加了饲料，待为上宾。后来，待天气好转时，野山羊们纷纷逃之夭夭。牧人在后面大声地吆喝，斥责野山羊们寡恩少义。听到此话后那些野山羊则回答说，你对我们这些初来乍到的野山羊，要比那些原先追随你的羊群更好，若是日后又有别的山羊来投奔你，我们又将会沦落到怎样一个境地？其实在我看来，如果不花力气将学校中现有人员的创造性充分地发挥出来，合理地调配资源，培养文化的沃土，使得那些出色的人能够真正地发挥其才能，不知还有什么更好的"药方"？而若是希望依靠再从外边"挖"到的一些人进来后现状就得以改观，除非文化中的糟粕被清除，其结果恐怕就像上面《伊索寓言全集》中所谈到的那个牧人的命运一般。此外，如果大家都争先恐后地到外面去吸引人加盟，那么那些个国外好的大学中的人才又是从何而来？如此，倒不如花力气营造一种好的大学文化，培养自己的人才。殊不知，那些从好的大学或者研究所之中"输出"的人才，恐怕尚不及留在原来机构内部的人物更加出彩。

如何在有限的资源和环境中发挥那些少数的优秀且具有引领作用的员工的带动作用，恐怕是处在管理岗位的人士的"心病"。"千里马"固然好，但是通常它的毛病也很多，所需的饲料和照料的精力投入也多。于是，那些非"千里马"们，若是不甘心在竞争中落败，便会利用心计，搬弄口舌，以保住既得利益。所以，当一个单位或者部门的文化中存在缺陷时，首先遭殃的恐怕便是那些"占尽风头"的"千里马"。在我们的国学中，有一句刻画入木三分的成语，名曰"木秀于林风必摧之"，大概讲的就是这个意思。在我暂居的上海市闵行区的万科花园小城的院子里，地下车库的上方在当初建造时留有一些通风孔与逃生的通道。大约是为了小区的绿化和美观，在通风孔的周边栽种了一些树木。夏季，树木的顶端郁郁葱葱，开出了花朵。但是，下面的树干后边，通风口依旧裸露在外边，清晰可见。事后，大约是有人觉得不过瘾，于是又在这些树木的旁边种上了密密的细竹，以便将昔日裸露的通风口遮挡起来（图7）。殊不知，那些个后来栽种的竹子品种"疯长"的速率远大于先前引入的树木，短短的几年之后就将通风口给遮住了，我猜想下面的车库里面也一定是黑黢黢的，不见了阳光。而且，因为这些竹子的萌发过于茂密，很快高度就超过了原先种植的小树，并将其裹挟在中间。在竹林的下部，地面上几乎寸草不生。最终，小树竞争不过那些竹子，面临着逐渐枯萎并最终衰亡的结局。在我看来，竹子不能够成才，却凭借群体效应在对阳光与养分的竞争方面占据了优势；树木虽可以开花、结果，依然在竹子的遮蔽之下，得不到生长所需的养分和阳光等，最终的结果将只能是没落下去，除非改变现状。我能够猜想到的解决办法是：移栽树木到别处去，或砍伐竹子，两者之间择其一。万科花园小城院子里面的树木，就如同在一个单位之中"千里马"的遭遇一般。

在生活中，会遇到各个阶层的人士，有时会听到一些牢骚，就连我自己也是如此。我在见到位居高等学府的领导层的人士时，他们抱怨说，学校里面的教师人际关系变得复杂，学术风气受到社会上不良环境的影响，云云。出门时遇到出租车司机，聊起生活上的事情，有的往往也是倒出一肚子"苦"水。出海观测遇到渔船上的老大/渔民或者科考船上的水手们，若彼此之间的私交不错，对方也会向我吐露心声。他们担心物价上涨，而工资或者捕鱼获得的收入却不高，渔民和水手们不得不花费

图 7 在上海市闵行区的万科花园小城住宅区内的一处地下停车库顶部的通风口。大约是为了整洁和美观的需求，物业部门在通风口的周边栽种了树木和竹子。然而，"疯长"的竹子不仅将通风口给遮蔽了起来，而且导致原先栽种的树木的下部得不到进行光合作用所需的阳光与养分。

更多的时间和精力出海。

　　我认为上述这些问题应该，也是能够得到解决的。不然，长久下去，我们的社会和谐与民心向上的风气就会改变。以我在学校工作的经历而言，管理上的问题概括起来是"帮领导把事情做成"或者"帮下属把事情做成"。在这中间，两字之差，反映出来的是大学里面教育和文化的差异。前者会怂恿一种"唯上"的工作态度，久而久之形成官僚的作风，这将极大地挫败教职员工们的积极性，而且会导致优秀人才的能力得不到应有的发挥，培养出一帮阿谀奉承之辈。而恰恰是，我们每个人都喜欢听好话，于内心深处还是很在意并企盼被褒奖的。若是秉承"帮下属把事情做成"的工作态度，则要求管理者花费大的力气倾听群众的声音，放低身姿服务工作在一线的同事。如此，我觉得大家的热情才会被充分地提升，工作的效率才会被提高，整个学校将处于一种蒸蒸日上的良好局面。若仔细思考一下，在很多的场合里，我们在处事中的出发点、谈话中采取的态度同我们所拥有的资源、身处的地位和所在的环境有关。从逻辑学和哲学的角度，我们对周围发生的事情的判别与在生活中处事的立场并不存在纯粹的"客观"之说，而是深受我们在社会上的处境与所接受的文化之影响。

科学研究的代价

在过去的40年中,中国在经济上的改革与开放所取得的成果在这世界上是有目共睹的。在这中间,我们的百姓所付出的代价也非其他国家所能够比拟的。举国上下,老百姓勒紧腰带,"省"出资金来支持教育的改革与高等学校的发展,"挤"出经费来满足基础研究日益增长的需求。

与此同时,国内的大学在国际上的排名与地位近年来也在快速地上升。我个人觉得,这在很大程度上得益于国家对大学中教育和研究活动的投资热情的持续增加。我们搭上了国家改革开放的快车,而并非我们比前辈们更加"聪明"或者更加"勤奋"。然而,倘若从研究活动本身和科研成果背后的产出/投入比值的角度来看问题,我们与世界上众多发达国家的大学还相差甚远。简单地讲,在很多的情况下我们的学术研究活动本身不计较成本和产出/投入的比例,这是不可持续的行为。在此,我们需要学习工业界的经验。一个企业若制造出来的产品体现不出足够好的产出/投入比,在商界的竞争中就将会面临破产和倒闭的结局。在这社会上,只有那些产出/投入的比例高于竞争对手的企业才能够存活下来,实现资本的不断积累,并且逐渐地发展壮大。在我们现行的科研活动中,不考量产出/投入的比较，系因为公立大学花的是国家从百姓那里收税而来的钱，同时善良的百姓并未有过回报的诉求。目前，我们的管理部门还缺乏严格与合理的绩效审核措施来考评投资与回报之间比例是否合理，是否优于国外的竞争者。在国内，我们有一支庞大且超乎合理需求的研究队伍。在国外用一个人就能够做到的事情，我们有些单位可以用数人，不计成本，重复投资，只要能够将事情做成。譬如，在印度曾经只设立了一个专门针对海洋科学的研究所，全国一共就300个左右的海洋科学家（注：具有博士学位、专门从事海洋科学研究的人员）。相对而言，印度的海洋科学研究之产出/投入的比值恐怕比我们高出很多。

有同事曾经做过统计，目前全国已在几十个大学中设立有同海洋科学与技术相关的专业，我们还有着诸多像中国科学院与国家各部委下属的与海洋有关的研究所和监测、调查机构。想必，我国的海洋科学家队伍应该是一个很庞大的数目。若以学术研究论文的发表数量、在国内的大学与研究机构中注册的在读研究生的数量而论，我们在这个世界上的成绩是很令人瞩目的。但是，若将发表的学术论文的数目以科研人员和研究生的数量去做一个校正，即考量人均的产出及其与投入之比，我们恐怕就会落后于许多的国家。

另外一个问题是，在全国众多的涉海教学与研究机构中，目前学术研究活动的主体集中在与我国陆地毗邻的海域，而对开阔海洋的研究能力却十分薄弱，我们在深海研究领域里的工作积累也十分有限。于是乎，便出现了一个具有如下不良特点的局面：

第一，在基础研究领域，国家和地方政府针对某一些重要的地区和问题做重复的投资。加之在目前的状况下，研究过程中获得的数据交流的渠道不通畅，存在着壁垒，以至于资金的浪费相对比较厉害。

第二，全国的研究工作几乎都集中在近海，我们对于中国周边海域的研究能力是过剩的。于是出现了不同单位之间就研究项目的恶性竞争，以至于在研究工作中不计成本，人均成果的产出相对于发达国家而言比较低。

第三，在类似于"紧跟世界的学术前沿"这样的口号蛊惑之下，我们开始习惯于在研究中步西方国家的后尘、"赶时髦"。反映在对研究项目的评审过程中，就是一味地追求所谓的"新意"而不重视持续和深入的工作积累，以至于一位优秀的研究者倘若持续地就某一个具体的研究领域进行探索，往往会争取不到经费的支持。

第四，有些人往往沉迷于对自我研究成果的欣赏，有意或者无意地夸大了工作的成绩。这一点可以表现在工作中过多地注重研究领域的枝节问题，忽视了对学科的主要的发展方向的把握。因而，虽然研究的成果数量增加了很多，但对这个世界的学术进步而言，缺乏实质性的引领作用。

第五，引申到我所在的海洋学科，近岸地区受到人类活动的影响比较大，区域性的特点明显，并且往往掩盖了科学问题本身的自然属性。如果不注意的话会窘于就具体地区、具体问题的"忙碌"之中，忽视了对世界的本质进行持续和不断深入的探索。

第六，在对科研领域文化的把握层面，我们的管理部门过多地强调对研究成果的测评，注重短期的利益，但是我们却忽略了技术在研究工作中的重要支撑作用。因而，在海洋科学的研究领域，基本上关键的技术和设备在目前都依旧仰仗于进口。

其实，像类似上面提到的这些问题，我们还可以罗列出许多。我觉得在随着全球一体化的洪流滚滚向前的过程中，这些糟粕会影响到国家的科学与技术进步的步伐，和社会上日新月异的面貌并不协调，阻碍我们在同世界上其他国家的竞赛中取得好的成绩。在20世纪的70年代末和80年代初期，中国开启了改革开放的大门，西方国家的各式人物纷至沓来。他们希望为自己的科学与技术的研究成果在中国寻找市场，在中国检验他们此前于世界上的其他地方经过研究获得的理论和经验。在那一段时间，同国外的合作在大多数的情况下是我们提供试验的场所、原材料/样本，由西方的科学家提供思路、技术和理论解释等。当然，在合作的成果付诸期刊发表时，学术界的同行都知道这些研究工作系由西方国家的某一些科学家在主导。

然而，问题是在国家经历了40多年的改革开放之后，经过许多年"八亿件衬衣换取一架波音飞机"的痛苦之后，今天我们的科学与技术在许多方面已经达到了相当的高度，而且也已经超越了当年在改革开放之初西方发达国家的水准。如此，我们是否也应该考虑一下，我们所取得的技术进步在什么地方得到应用，我们在基础研究领域中取得的成果在什么地方去检验，以及我们在改革与开放的探索中所获取的经验和教训，是否也可以用来帮助世界上其他的国家和人民？在谈到类似这样的一个话题时，我有时会同周围的人调侃，并举出这样一个例证：假如在少林寺中的某一个人其武功很是了得，却陷于方丈的统领之下，恐怕这辈子也只是在寺院中的一个普通的和尚或者武僧而已。倘若这个人凭借其高强的武艺"打"出了少林寺，并在某地的寺庙中布道讲经，自成一派，恐怕此人不久就会在武林界与少林寺的方丈平起平坐，即所谓的"华山论剑"。在我看来，这就是在已故的金庸老先生的武侠小说《笑傲江湖》中，人们能够悟出的另外一层含义。

同样的，科学界在经历了过去40多年的"引进来"之后，我们更应该思考的是在今后怎样能够"走出去"。如果我们还是如同过去一般，步欧美国家的后尘，则仍将被视为别人的"徒弟"，并且会在一些地方遭遇诸如"歧视"和"限制"的待遇。若此，倒不如积极地推动与发展中的国家在科学与技术领域的合作，到国外去做研究，检验我们的理念、技术和产品等。在这方面，我们的企业界，例如民营公司在国外建厂，生产诸如汽车、玻璃以及承担国外的大型工程建设项目等，为我们做出了榜样。而且，我认为国家近年来在世界上积极地推行"一带一路"倡议，已经为我们到国外开展科学与技术领域的合作开启了一扇大门，铺就了一条通向"可持续发展"宽阔的道路。

曾经有一段时间，我被国内的有关部门邀请参加一些关于国内学术期刊建设的活动。其中，一个经常遇到和被学术界关心的问题是：如何迅速地增强国内的学术期刊在国际上的影响力，或者从学术评价角度上提升期刊的 SCI（Science Citation Index）影响因子？在参加过几次类似的学术活动之后，我意识到，我们在对问题的分析和理解方面大概存在着一些偏颇之处。似乎是，"提升学术期刊的 SCI 影响因子"已经成了编辑部工作人员手中的"烫手山芋"。我以为，其实一个国家的学术刊物在国际上的影响如何取决于多种不同的因素，这些因素来自不同的方面，并相互叠加在一起发挥作用。毫无疑问，一个专业期刊在国际学术界中的影响力明显地同办刊的方式有关，这中间对稿件的学术评价方式与要求、编辑部的工作效率等都在发挥着作用。但是，问题并不如此简单，应该还有其他方面的原因。

学术期刊在国际上的影响力在很大的程度上也与其所采用的语言有关。在欧洲的非英语的发达国家,譬如那些在德国与法国中名称为"自然"和"科学"之类的杂志,于我们的自然科学发展的早期阶段,甚至直到 20 世纪的中期都在发挥着积极的推动作用。然而不幸的是,目前在这个星球上学术界的语言交流由英文在主导。在我看来,因为受到语言的限制,其他国家那些优秀的学术期刊被逐渐地"淹没"了。同样的,在这个做科学研究被看作为了"国家利益"而相互博弈的环境下,当我们用非自己的母语在国际上的学术期刊中发表研究成果的时候,面临的是更加残酷、非专业却是文化领域的竞争。此外,一个专业期刊在国际上的学术影响力,还应该同该期刊所在国家的科学研究所处的水平和在这世界上的技术实现层次上的能力有关。在我们这个星球上,英国皇家学会的会刊应该是历史最为悠久,也曾是最负盛名的学术刊物。20 世纪的 80 年代,我在欧洲读书时,周围的同事比较看重在英国皇家学会的期刊上发表的研究成果。在那个时代,我们中间的许多人士甚至都不知道美国科学院的院刊为何物。而今,国内业界的许多学术同行转而对发表在美国科学院的院刊的研究成果津津乐道,而相对地,在英国皇家学会的会刊上登出的论文受到了冷落。若从这个角度来分析问题,我们固然可以通过改善刊物的编辑部的运作方式,譬如从提升稿件的评审效率、压缩稿件的发表周期、吸纳更多的优秀稿源等方面来提升学术期刊在国际上的知名度和在业界的影响力,但是就目前我国的基础科学的研究水准在世界上的名次排位和科学界仍然以英文作为学术交流的主体媒介的状况下,这种努力所能够带来的回报应该是有限的。我们甚至都不能够指望,仅仅通过国内学术期刊所做的努力就能够使得我们国家基础科研的水平获得大幅度的提升、科学研究群体的文化回归良性循环的局面。而且，单纯地要求通过期刊本身的努力来提升我们在国际上的影响也会导致一些负面的效应出现。在若干年前，我们实验室在向某一个国内的专业期刊投稿时，被编辑部要求要"有意识地引用"该学术刊物在之前刊登的论文，以求提升这个期刊在国际和国内的影响力。最近，我在参加一个国内学术期刊的编委会的年度会议时，注意到周围有一些具有相当地位的学界人士在会上依旧提出与上述观点类似的意见，令人感到十分惊讶。

在经历了国家改革开放40多年之后的今天，政府和百姓对我们的大学给予了前所未有的期望。的确，近些年来我们这些在大学里面教书之人于科研的硬件设备和个人的生活待遇等方面都有了显著的改善，在工作的环境和资源的配置方面也获得了明显的提高。而且，在一些国内外的学术评估机构眼里，国内大学在世界上的影响力也在迅速地提升。问题是，我们的大学真的就如同有些评估机构所发布的结果中所宣称的那样好了吗？以我个人的理解，我们的大学在国际上的排名地位之上升，在很大程度上得益于国家投资的持续增加，这也算是我们搭上了改革开放的顺风车，机遇使然。国家在高等教育领域增加的投资，更新了我们用于科学研究和教学的设备，使得我们能够支配更多的学术经费，同时也改善了我们的生活水准。这些因素的作用结果就是，在今天我们比以往的任何时候都有更多的机会能够从事与基本的科学问题相关的研究工作。中间，与西方发达国家在设备和技术层次上的差距在减小，也促使我们更有信心地在学术领域的前沿进行探索。今天，在研究工作上的水平提高并不代表我们较之前辈们更加聪明或者更加勤奋，而很大程度上是因为在技术层面上的进步。我曾经同自己的一位老师讨论过关于不同年代的学者在做研究工作时的特点，我的老师曾举例说道，在他做博士研究的年代，毕业的论文是使用普通的打字机打出来的，图件是手工绘制出来的。那时做事要很小心，不然打错了一个字，就得全篇重来。而且，学生要经过专门的训练，不然打出来的字体会深浅不一。在毕业论文中的所有插图、表格也都是用手工一笔一画地绘制出来的。到了我读书的年代，开始有了简单的台式计算机，通过使用现在看来比较简易的色带打印机或者电动打字机就可以将文稿印出来。当年，我的毕业论文的底稿要存储在个头很大且不可更改的软盘中。而且，那种软盘很容易损坏并确实曾发生过数据"丢失"的情况。现在的学生都在使用先进的计算机排版软件、激光或者彩色的打印机，数据的处理、文字的翻译、图表的绘制等都是自动完成的，并且还可以通过网络传输，不但效率提高了，而且也安全了很多。换言之，我们现在就毕业论文的写作方面已经不像我们的老师们那般细致和深思熟虑，而且浪费也更厉害。这样一种现象若究其背后的原因，至少部分应该是技术上的进步所产生的后果。

  我们也应该大大方方地承认，国内的学者在许多基础研究的领域取得了令世人瞩目的成果。但是，我们同时是否也可以问自己这样一个问题：在中国，为何在那些需要强烈依赖技术才能够发展起来的学科门类，我们的"出彩"比较少？在国内，一些在加工技术和产品层面上的重要"突破"，有时甚至要"倾国倾城"，动用整个行业乃至国家的财力和物力，采取不计成本、联合攻关的方式方才得以实现。因而，我们的一些产品在市场上往往因成本过高，不具备很强的竞争力。其实，如果我们仔细地品味一下,一些"好"的和引以为"自豪"的研究成果多出自那些具有明显的地域特点或者对技术依赖不够强烈的研究领域,例如地球科学的某些分支。现实恐怕是,那些具有明显的地域特点的基础研究项目在发展中国家可以做得更好一些,这大约也是发达国家的科学家愿意到那里寻求合作的一个重要原因。通过将发达国家先进的技术和发展中国家的实验材料相结合,往往可以产生更为出色的研究成果。这一点我估计与在经济学领域中企业的投资哲学应该很是接近:将先进的制造工艺和设备投资到相对欠发达的国家和地区,利用那里比较廉价的劳动力(注:低的工资支出)和优质的材料(注:便宜的原料)加工及生产出来的产品,在市场上将会具有更强的竞争力,从而实现更加丰厚的利润回报。

在 20 多年前,我曾经去德国的基尔大学(Kiel University)拜访一位年长的同人。当时我正在为测量海水中低浓度的营养盐成分的事情苦恼不已。彼时,我们还是利用简易的光学设备,以手工操作的办法测量海水样本中的五项营养盐(注:硝酸盐、亚硝酸盐、氨、无机磷酸盐、溶解的硅酸盐)。在出海的观测期间,操作费时、耗力不说,样本的需求量和沾污的影响也令我头痛。我的这位德国同人是一位化学海洋学的前辈,此前在关于海水中的元素分析的学术专著中撰写过关于营养盐测量的章节。在交谈中,他得知彼时我正在为批量地测量海水中的营养盐之事一筹莫展,就对我讲,假如能够筹措到两万欧元(注:在当时折合人民币 20 万元)购买零部件,他就可以免费地帮助我们在实验室中组装出一台营养盐自动分析仪器。那时,我们的研究经费非常有限,譬如一项"杰出青年科学基金"的资助也就是人民币 20 万元。在当时,若从国外进口一台商业化的营养盐自动分析仪,即便是免税,也需要人民币 40 万—50 万元。所以,若能够筹措到经费请这位基尔大学的同事帮助我们组装一台设备出来,不仅仅是解决了海水中营养盐样本的测量问题,而且我们还可以从中得到相关技术的转让,何乐而不为?然而,尽管我们曾经多次努力过,也没有什么渠道能够去申请到组装营养盐自动分析仪的设备费用。于是,我的这个愿望最终都没有能够实现。

2014 年,我在德国的极地与海洋研究所做带薪休假时,实验室的一位技术人员花费了两万欧元多一点的费用,通过互联网和商店订购了一些零部件,组装出来一台能够在水下连续监测海水样本中稳定氮同位素成分(注:样本中 $^{15}N/^{14}N$ 的比值)的设备。在国内,尽管我们在过去的 30 年中积极推进并投入巨额经费支持自主科研设备的研制,迄今为止,我们都很少甚至生产不出具有类似功能的商业化装备。我认为,这就应该算作不同国家之间在技术和工程实现能力水平层面上的差距。

科学家的成长

在大学和科研机构中，年轻的学生常常颇有一种"初生牛犊不怕虎"的精神。具有这种特质的年轻人可能以为，在实验室中只有自己的研究工作才是最重要、最有价值的，缺乏对别人的尊重、宽容和理解。这样处世的代价是，丧失了许多原本通过与周边的同事合作能够获取的技能，以及从别人那里获取经验、学习知识的机会。在瑞士华人许靖华先生所写的《大灭绝：寻找一个消失的时代》（生活·读书·新知三联书店，1997年）和美国的学者詹姆斯·沃森（James D. Watson）所写的《双螺旋——发现DNA的故事》（化学工业出版社，2009年）书中，我注意到他们也记录了自己在年轻时类似的经历。同样的，许多人在学生阶段自恃清高，听不进去别人的意见，喜欢标新立异。我记得在大学三年级的时候，为了要不要学习"构造地质学"的课程，我与我的指导教师之间有过一次令人不愉快的谈话。当初，我坚持不选修这门课程，而指导教师则苦口婆心地希望说服我。时隔20多年，当我开始面临如何着手刻画流域盆地中的风化作用在构造地质与气候变化的叠加影响之下的演化特点及其在河流中的记录等问题时，才醒悟到当年老师的深知灼见是对的，意识到老师的意见是如何中肯。但是，我在当时并不情愿，所以这门课程自然也就学得不够扎实。

　　青年人的成长同样也得益于其所在群体的文化。在一个学术氛围健康与活跃的群体中，通过讨论可以打磨去原来的思想火花中那些粗糙的棱角，而使得其精华部分更为闪亮。通常，人们会根据自己的知识、逻辑和经验推断事情可信与否，但这只表明系一种推理与信念层次上的认同，而非提供了说明或者证明"事件"的依据。同样在这样一个群体中，上述这种思维上的缺陷会被重整和翻新。以我在做的自然科学领域为例，对海洋的探索和研究宛如在社会上的侦探破案一样，需要经过预先搜集重要的证据（观测），透过蛛丝马迹来分析和判断其真凶（原因）。或者，也可以与医生诊断患者的疾病进行类比，需要从分析各种不同的症状/证据入手，寻找它们之间的联系，然后进行汇总并找出症结之所在。只不过，我们所诊断的事情是发生在海洋之中被观测到的各种现象，核心是要认识内在的驱动机制与变化的过程。

　　当年在法国的巴黎高等师范学院（École normale supérieure）学习和工作时，我的一些同事在做样本的测量时常常将使用的物品弄得一团糟：实验台上堆满了用过的试剂和器皿而不收拾；在清洁工作台时可以看到弄洒了的溶液和样本留下来的污渍，这会令后续来工作的人感到很"窝火"，因为后人在做实验之前，不得不花时间为前面的人"打扫卫生"。后来，我注意到，其实自己也有这个毛病。我们常常会犯一个错误，或者说戴着"有色的眼镜"看待周围的事情，即对待别人的"毛病"十分尖刻，对待本人的错误却过分宽容，自觉或不自觉地寻找各种理由为自己的过失进行辩解。这一点，我也是在从业的许多年之后才有所醒悟和进步的。

昂贵的仪器和现代化的设备只能为我们认识自然界中的某种现象提供一些看似互无联系的证据，这些证据还需要经过人的大脑的分析与诊断。人类的聪明和才智在于能够将这些来自不同渠道的线索和证据进行拼接，并有效地建立起彼此之间的联系。于是，具有不同学术背景的人针对同一件事情，会从不同的侧面进行诊断，往往会得到各异的结论与认识。这也是科学研究中的成功与失败的症结之一所在。在中国的古代寓言中，有一则故事讲的是"盲人摸象"，其中的哲理大约就是如此。

在学术研究活动中，一种理论甚至一种想法一旦被写进了教科书，似乎就成了不容争辩的"真理"。往往，这种情况会影响和束缚年轻的学者的思维方式。记得当年我在南京大学读书时，同学之间曾经多次就教科书中的命题发生热烈的讨论，有时甚至会演变到争执。记得其中一次是在浙江西部的一处名叫遂昌的地方，我与本班的另一位同学就观测到的石英岩（燧石）露头的成因同高年级的同学产生了一些分歧。而且，这种在思想层面上的碰撞往往是很奇怪的，有时一本看似无关的书，一次不经意的聊天，就会将平时隐藏在思维深处某些处于压抑状态的东西唤醒。

科学研究活动在不同的时间会有不同的内容与特点，即使就某一种具体的研究问题而言，也会具有不同的层次。相应的，在对不同的内容和层次的探索过程中都存在着认知水平和藏于后面的价值观念所产生的影响。人们也许会问：将自然界中复杂的现象归缩到某一种能够书写到纸面上的简单关系是否就是科学家们所苦苦追求的？在认知的方法学中，存在纵向与横向两种区分，前者是一种归纳和演绎的途径，后者则更加依赖类比的方法。假如一个人煞费苦心向你极力推荐去读某一本书或者诗集，你会怎样做？去读，或者不去读？显然，无论你怎样去做，都不会影响你去干其他的事情。但是在我看来，选择读或者不读这本书或者诗集，对个人产生的影响却可能发生在思想的深处，譬如世界观。然而，不管怎样，在探究事物本身或者试图将复杂的事情还原为可以理解的简单时，其中一部分固有的内容便会消失了，而这些丢失的东西也许恰是最具有价值的。这如同设想将所有的事情都采用数字去定义或者表达一般，也许会严谨，但代价是失去了在生活中的色彩。在这方面，利用计算机的程序模拟海洋中观测到的现象与化学家在实验室做物质合成的实验很是相似，类似的如"围隔实验"（注：系一种将若干立方米或者更大体积的海水从外界的开阔海域分离出来，之后在其中进行模拟实验的工艺）。只是发生在自然界的事情实在是复杂，譬如海洋中的时间、空间域中发生的许多事件都不能够在实验室中被精准地复制出来。有时候，简单只能够让我们的头脑觉得更加舒服，使人变得懒惰，却不应该是生活的真谛。

在我去青岛拜访一位从事海洋生物分类和早期生活史研究的已经退休的同事时，两人谈起了目前愿意从事譬如像物种甄别这样基础性的工作的年轻人愈来愈少了，就好比在如今已经不需要也不会再有人愿意像路易斯·巴斯德（Louis Pasteur）那样在显微镜下面分离和挑选手性酒石酸盐晶体，或者像皮埃尔和玛丽·居里夫妇（Pierre et Marie Curie）那样从成吨的废矿石渣中提炼放射性元素（注：镭）。

社会上的欺骗与谎言也是一种模拟的结果，以至于我们无法辨别事物的真或伪，或者为这种辨别带来了困难。例如，在西方的文学和历史界中津津乐道的希腊神话中"特洛伊木马"

(Trojan Horse) 的故事，便是如此。青年科学工作者有时会缺乏对事物的判断能力，因为这需要经验的指引，而后者却又同个人的经历和时间有关。此外，一件事情看上去的好或者坏有时也取决于观察者所在的立场。例如，当一列货车通过站台时，站在铁路两侧的不同观察者，一侧的说车身是红色的，在另外一侧的观察者则说车身是绿色的，事实上，可能是车身的两侧涂装了不同的颜色而已。就这一点而言，很像是在物理学中因参照系的选取不同对于同一种运动所得出的结论不一致。

请允许我以自己所在的海洋科学领域为例。我们依据已有的知识所提出的假说或者所依赖的理论，是对观测的现象做出一个解释，譬如为什么是这样而不是其他的什么。就研究工作本身而言，关注机理是希望在分子或者原子的层面上寻找出制约化学反应的因素；认识过程则更多是期望理解海洋中的物质迁移与形形色色的变化在时间和空间域中的联系。

在我们所看到的那些精美的研究成果的叙述中（例如：化学反应式），所付出的体力劳动和经历的失败常常都被有意或者无意地"遗忘"了。当科学家在发表研究的成果时，更多是让学术界的同行分享其成功的喜悦。在早期的学术研究刊物中尚允许有关于失败的成果的报道，而现在则愈来愈少。其后果之一就是，因为对于失败避而不谈，对于科学研究的成果的复制变得愈加困难。我认为，问题恰恰是，我们是在经历失败后才逐渐成长和成熟起来的，即所谓的"失败是成功之母"。这就如同许多早期的学术活动在今天看来并不完美，或者说存在一些缺陷，但是在那个时候，研究的成果仍然是一种创造的体现，依旧是人类智慧与劳动的结晶。对此，我们不必吹毛求疵，否则正如中国的古语所谈，"看三国掉眼泪——替古人担忧"。

思维总是扎根在基于社会的精神活动过程之中，可以说若没有情感就没有思想深处的冲动（火花）。在个人的成长过程中，失败往往是由许多看似不起眼或者不相关的小错误"积聚"而成。现在社会上的事务是如此复杂，加之彼此之间盘根错节，使得过去那种凭借简单的因果关系解决问题的思维模式变得不切实际。在处理复杂的问题时（例如：认识海洋学中迁移物种的生活史），我们不得不以事物之间的相互联系和由此产生的后果为基础进行考虑，如同抽丝剥茧一般。

我们对事情的评估也不能够简单地只看其因，更重要的是从对发展结果的观察角度厘定。因而，在做事情之前，需要对动机及其可能产生的后果进行仔细地剖析。问题是，人们很少对自己做事的"善良意图"及其后果究竟是悲催或者是欢喜进行过思考。

英国的学者亨利·哈里斯（Henry Harris）在其所著的《细胞的起源》（生活·读书·新知三联书店，2001年）一书中曾经谈到，在从事科学研究的过程中，应该注重"物之性"，即对事实的认定保持尊重与客观的态度。亨利·哈里斯在该书中提到，英国皇家学会所提倡的学术氛围就是尊重客观的事实，同时摒弃对个人的迷信和崇拜，即有"我们不相信你，不论你是怎样的权威"之说。根据我们现在的道德标准，在学术研究的作品中故意不引用前人或者学术同行们直接相关的工作，是不能够得到学术界的原谅的。因而，在学术活动中，应该避免因为个人的问题而对他人的研究成果持有偏见。譬如，不应该对实验的数据或者现象的观察持有先入为主的态度，只看到自己想要"注意"到的东西。从科学社会学的角度，尽管在学术研究这场激烈的竞赛中存在着关于"成果优先权"的比拼，我们还是应该给予竞争的对手充分的尊重和对其成就的褒奖。

常常，我们在工作和生活中忽略了一些细节的事情。譬如，通过实验和观测获取的数据是有效的，但是它们在对待一个具体的问题的标识层面往往却是不等价的。这就好比对待同一个景物，摄影与绘画所表现的内容重点一般是不同的。在摄影中，对取景框内的物体可以不加选择，统统地纳入进来。而同样的取景框中的不同物体，在画家的眼里所具有的价值是不同的，因而在绘图时会根据欲刻画的重点对客体有所选取和剔除。同样的，当我们面临着来自实验和观测的"大批量"的结果时，如果在开始就利用一些数据处理的软件，我想将会严重地影响对研究对象从客观角度进行理解。通常，我们在数据处理中使用一些软件进行统计和分析工作时，也会将那些掺杂在实验和观测结果中的"噪声"信号一并纳入进来，而后者需要我们通过经验和对研究对象的理解进行剔除。其次，虽然每一个有效的实验或者观察的数据都是具有价值的，但是对解决我们所面临的问题却不是等价的。就好比当我在大街上闲逛时，恰逢路边有一家很"网红"的面包/糕点店。但是，假如不是腹中饥饿，那店中出售的炙手可热的苹果甜饼对我就缺乏诱惑。因此，对于来自实验和观测的数据，在利用软件进行处理和分析之前，需要根据研究者的经验和对问题的理解做一个仔细的筛选。再者，那些被用于做数据分析的软件并不在意实验和观测的结果中所带有的、来自研究对象内部的驱动与反馈机制之间的相互关系。而问题是，有些实验和观测的结果只是在某些特定的驱动与反馈机制之间相互作用的产物，或者说得到的结果依赖于特定的过程。此外，应用数据处理的软件对实验和观测的结果进行"批量"的分析时，也是基于计量结果的分布满足一些事先设定的统计规则（例如：满足高斯分布的要求），但是在自然界的情况不会如此简单。

一些年轻的学者在他们的研究论文中喜欢提及自己的成果与某某学术权威的在此前发表的工作一致。我怀疑，在这中间系充斥着对自己工作的不自信。科学研究工作从某种程度（例如：创造性）上来讲，虽然需要尊重和借鉴别人在同一领域中的工作，却应该是具有独立性的，而且不同国家之间就学术领域或者研究成果的竞争也是对于民族智慧的一种考量。此外，这样的思维我觉得会产生至少如下两个方面的缺憾。其一是限制了作者本身的思维能力。在研究活动中，对待前人的工作应该持有一种批判性的观点，正如英国皇家学会的宗旨所提倡的那样。其二，这样做事的后果是会限制作者对问题的分析和判断，导致所观察到的只是自己想象中的事件，或者干脆只是前人研究成果的再现版本而已。若从另外一个角度进行检验，证明别人的研究成果是正确的，也就降低了自己的价值，是一种对自我的抹杀。科学研究包含着对现有理论的检验与发现未知的事实这样两个相互联系的侧面，它们也是推动个人从事学术活动的双引擎。

随着年龄的增长，我已经开始步入"老人"的行列。于是，在工作中我有时会有意无意地观察那些"正当年"的教授们的举止，希望从他们的身上看到与自己不一样的地方。有时，在实验楼的走廊中，我会听到年轻的教授在敞开的办公室大声地训斥学生，丝毫不避讳过往的同事。次数多了，我大致也就了解到一些端倪，因为那位教授对学生做的事情非常不满意！可是在我的记忆中，这些如今已是教授的人，当年处在与其学生相当的年龄阶段时，其所作所为，在某些方面却是更加不靠谱一些。在这些教授们当年还是学生的时候，在面对仪器管路里面的溶液撒漏出来，导致显示信号异常的情况时也是手足无措，因为个人失误导致实验结果报废从而遭人斥责时也曾痛哭流涕。如今，我们经过岁月的历练，终于成为某一个领域的专家，面对学生的错误，甚至有一些错误尚不如自己当年捅的"漏子"大，却不依不饶，批评时恨不得连祖孙三代都挂上。当年我在巴黎读书时，旁边的实验楼里有一位非常资深的教授，彼时已经退休。我记得还从学校的图书馆中借阅并复印过这位先生用法文写成的海洋学教科书中的一些章节。据说，这位教授是俄国的贵族后裔，在俄国爆发十月革命前夕，全家逃到了法国并定居了下来。我在读书的期间，法国的高校学生因故罢课并在大街上游行、请愿，而后在校园中集会。彼时，一些年龄在50岁左右的教授们在实验楼里隔着玻璃窗对校园中的学生集会评头论足，回想起来大致的意思是这些学生不谙世事，应该回到教室中上课。那位俄裔且德高望重的海洋学教授在听闻后，对这些相对年轻的老师们讲道："你们大约忘记了在1968年自己还是学生的年代是如何在大街上游行示威的情形了。"这些教授们在年轻时采取的某些行动与今天的学生相比更为"过激"，可谓是有过之而无不及。

　　回顾过去，我们常常忽略了教育和研究在一个年轻的科学家的成长过程中所发挥的不同作用。若以地球科学为例，在大学里面的课程传授基本上是从解释基本的原理出发，抵达经过演绎和推理得到的结论，阐释两者之间的逻辑关系，并以此作为构建知识殿堂的骨架/支撑。而研究过程则是要求从观测的现象出发，去追寻教科书和学术文献之中所宣传的原理与机制中间的不合理部分，以求对自然界更加深入的理解。若是从工程科学的角度出发，则可能会是从基本的原理出发，再加上客观的环境/边界条件因素，利用技术去实现我们在头脑之中所想象的东西。所以，科学家做的事情大可被认为是在理解我们周围的自然界，工程师做的事情则是改变我们生活的世界。与教育不同，研究本身应该包括相互连接的几个部分。通常就自然科学而言，研究工作具有利用例证检验前期的理论或者发现未知的事实的特点。因而，研究是可以从基本原理或者普遍接受的假设出发，从中演绎出结论，并且同观测到的事实进行对照。在这个过程中，我们的大学教育通常集中在如何从基本的原理出发，经过演绎得出结论的那一部分。这也是我们在学校中读书时接受的训练。但是反过来，如何从别人演绎出的结论中寻找出作为支撑的基础，确实是在课堂的教学中所不采用的方式。这里面不存在什么可以系统传授/运用的方法以达到目的。阿尔伯特·爱因斯坦在《我的世界观》一书中（商务印书馆，2018年）讲道，研究需要在庞杂的经验和事实中悟出一些可以精确表述的基本特征，从而揭示自然界中暗藏的那些普遍原理，以及由此获得的推论。这个过程中间所需要的精确表述不再是依赖于我们在课堂中所熟悉的那种演绎关系，差别在于对于繁杂的观测事实的归纳和总结。

最后，随着年龄的增长，每个人对科学的理解都会出现一个从必然王国到自由王国的转变。在发达的国家，技术和装备的进步可以使人在年龄较轻的阶段就实现这种转变；在发展中国家，个人的学术成长之路变得更为漫长，相应的转变则姗姗来迟。

感谢前辈和同事

在现今的社会中,我们恐怕很难再像丹尼尔·笛福(Daniel Defoe)笔下的《鲁滨孙漂流记》(中国文联出版社,2015年)中的主人公鲁滨孙·克鲁索(Robinson Crusoe)所经历的那样,可以独自地谋生,在远离他人的荒岛和尘世里生活。不管我们是否承认,我们在工作与生活的各个方面,包括衣、食、住、行等,都离不开他人的关照和帮助。在我们的成长过程中,也丝毫离不开亲属、老师、前辈乃至同事们的支持和提携。

回到我自己的生活经历,了解我的人大概都会有这样一种感觉:同我这个人相处和共事比较难。这与我本人在生活中的"缺陷"很多有关。许多年以前,在我还没有进入大学读书的时候,有一次在山区里面工作的空隙,一位我很敬重的大姐一般的同事就曾经对我讲过,与我一道长时间共事会很不容易,当时我并不以为然。在我接受本科教育之后开始比较系统地学习海洋科学的那几年里,导师与实验室的同事们对我呵护有加,便更加助长了我身上的那些个毛病。我在读研究生期间,系里面的总支书记在一次谈话中也曾经讲过,我这个人身上的缺点和优点一样突出。

在离开南京大学之后,我去到青岛并开始接受硕士研究生阶段的训练。其间，学校的不同老师在实验室中教授我做样本的测试技术，能够接触到的设备也很是简陋。也是在那段时间，导师们带领我出海，利用渔船对渤海南部的莱州湾与黄河口进行观测，从位于河口三角洲的垦利开始沿着黄河上溯至甘肃的兰州。这是我在早期对一个河流与毗邻近海相对比较系统的知识积累过程。尽管以现在的眼光来看，当时的技术十分落后、研究的能力和资源的配置也很低，但是前辈身上那种对工作的激情和对事业的挚爱对一个年轻人的影响是很深远的。后来，导师又举荐我到国外的高等学府去深造。

我记得在20世纪80年代初的一年冬天，系里的一位老教师陪同我到位于黄河三角洲一处名叫垦利的渡口采集悬浮颗粒物的样本，以便回来做实验。两人从凌晨天还不亮就出发，搭乘长途的大巴车抵达那里时已是当日的黄昏时分。晚上，就在渡口附近的公路边的一处小旅馆中过夜。彼时，已接近春节，小店中几乎没有其他的旅客，甚至吃饭都找不到地方。在几乎空空如也的客栈的一个房间中，老师与我围坐在炉子的边上取暖聊天，当时的情景至今回想起来仍旧令我感动不已。在那个年代，青岛的冬天没有取暖的设备，我的手、脚都生了冻疮。另一位老师见状，就让我利用业余时间帮助她在实验室中制备蒸馏水，以便我可以利用冷却的循环热水浆洗衣物。像这样的"关照"在那些年中还有许多，每当揭开记忆的尘封，往事便如同电影的胶片一样在我的眼前一一闪过。

1985年，受到联合国教科文组织（UNESCO）提供的奖学金的资助和老师的鼎力推荐，我有幸到法国的巴黎高等师范学院读书，之后（1988年）在皮耶尔和玛丽·居里大学（Université Pierre et Marie Curie，也称：巴黎第六大学）毕业并获得博士学位。1990年的秋天我回国之后,很快就被当时在国家海洋局工作的前辈和同事推举,于UNESCO的政府间海洋委员会(IOC)下属的西太平洋分会(WESTPAC)中组织一个关于"大气物质向西太平洋输送"的研究计划,后来又参加到政府间海洋委员会中关于"海洋健康"与"全球赤潮的生态学与海洋学"的专家组中。在那几年,我有幸接触到许多自己本专业之外的事物,有机会掌握社会科学领域的一些知识。回想起来,这中间学习的知识和积累的经验不是通过在课堂的授课与学校里面的教育就能够获取的。反过来,我因高等教育收获可喜的成绩的同时,在我身上的确也暴露出诸多的缺点,过去几十年中的一些教训也证明了这一点。正是对这些国际上事物和活动的参与,使我能够学习怎样与不同肤色、不同职业、不同宗教信仰、不同文化、具有不同教育背景的人士一道共事。这些过往的经历随即也就成为影响我个人学术生涯的宝贵财富。

自20世纪90年代的中期开始,我在前辈们的推荐和提携之下参加了为期15年的海洋生态系统动力学方面的研究工作。其间,一位学术前辈曾经亲自带领我前往北京的国家某主管部门,将我引见给他在那里的朋友和同事,并介绍我们关于生态系统与物理过程之间的交叉研究工作。在21世纪初,那位前辈又带领我们去巴黎参加了关于海洋生物地球化学与全程食物网的国际大会,为国家的海洋科学的发展造势。在最近的十多年中,受到前辈们的举荐,我参加了国际"海洋生物地球化学与生态系统的整合研究"计划,在国内参与组织了相关的基础研究项目。当年,在得知我们申请的针对陆架地区渔业与海洋科学的整合研究项目获得科技部的批准并实施时,前辈们竟然比我们这些个"当事人"更加兴奋!

在20世纪的90年代中后期，我还参与了前辈们组织和领导的中德之间关于渤海的合作研究项目，我所在的实验室在其中负责关于营养盐与浮游植物相互作用的研究内容。在这个项目的酝酿和后来的执行期间，我们曾经前往德国的汉堡并同那里的同事协商和确定合作观测的计划细节。当年，我年轻气盛，常常在一些枝节的问题与琐事上纠缠不休，在会上属于"搅局者"之流。德国的合作伙伴原来计划仅安排一天的工作讨论会，结果被拖延至两天过去了，一些问题仍未能达成一致。中间，还弄得我们的一位老师在那次学术访问期间因为操劳过度，半夜被救护车送去了当地的医院抢救。即便是这样，前辈们对我的出格举止仍未有表露出不满。回想起来，往事如同回放的录像一般，在脑海里闪现，现在依旧令我感动。后来，在我们一道对渤海进行观测时，德国的同事利用自动化的设备对海水中的营养盐进行分析，每个小时可以测量几十个样本，其中还包含硝酸盐、亚硝酸盐、氨、溶解无机磷和硅等五项指标。而彼时我们没有那些个现代化的测试仪器，实验室中的学生全部得采用手工操作来分析上述营养盐的样本，不仅工作量大出很多，而且流程冗长、耗时。其中有些指标（譬如：氨）在我们采用手工操作时，每一天才测量出来几十个数据，而且在采样与分析的过程中还容易引起沾污和损失。当时，在与国际上的学术同行们进行不同实验室之间的互校和对比中，我们的数据质量居然不差！在那个与德国同事一道观测的航次中，我们的学生昼夜不停，在科考船上一共分析了上千个样本中的五项营养盐。即便是现在回想起来，我都觉得对不住这些学生。他们任劳任怨，且在国际合作中手工做出的数据与德国同事利用现代/自动化的设备测量出的结果相当一致。

其实，在过去的几十年中，前辈与同事对我的关照远不止这些。我能够到华东师范大学来工作之事也得益于前辈们的提携和推举。1998年年底，我还在比利时的安特卫普大学工作时，华东师范大学的一位前辈就通过电子邮件告诉我关于教育部实施"长江学者奖励计划"的事情，并举荐我应聘。这件事情在中间曾几经周折。后来，时任华东师范大学的校长亲自陪同我前往北京参加教育部关于"长江学者奖励计划"的会议。在此之后的许多年中，华东师范大学的几任领导曾经多次为我个人学术发展方面的事情操心和四处奔走。我所在的工作单位里面有一位老先生是国家河口与海岸科学的奠基人之一，一生工作兢兢业业。老先生曾经带领我前往北京的有关部门，为在长江口与东海陆架实施"碧海行动"计划奔走呼吁。先生也曾经用其名望和学术声誉做担保，将执掌多年的河口海岸学会的职位"传授"于我，只可惜我自己不争气，后来竟"丢"了去。老先生在世的最后几年，曾经多次与我讲起在东亚和南亚地区发育了9个到10个重要的河口三角洲，它们像"串珠"一般连通在一道，这就是我们所讲的"海上丝绸之路"的重要节点。研究这些河口三角洲也就传承了"海上丝绸之路"的现代精神和文明，也就是将自然科学的内容与社会科学的文化之间的联系进行了升华，云云。

回味过往的这些事情和经历，无不得益于学界的前辈和同事的推举与信任。当然，在这些年间我也没少给周围的同事们添乱子和惹麻烦。海洋科学的观测所依靠的是群体的智慧和奋斗，仅仅靠一个人的努力是做不了什么事情的。

在参加上述的这些学术活动中，我也与同事做了其他的一些事情。自20世纪的90年代初开始，在同事们的带领下，我参加了在莱州湾、象山港、三门湾、台州湾、珠江口—伶仃洋等地的观测与研究活动。其间，我们尝试着利用数值模拟的技术认识近海沉积物的输运、生源要素的循环，初级生产的昼夜变化等方面的问题。后来我又同大家一道组织了胶州湾、海南省东部的研究课题。自1999年我转到华东师范大学工作后，对长江口的研究工作多了一些，我们的学生每个月去一次河口附近的徐六泾采样、观测，风雨无阻，坚持了十几年。在这中间，我自己也参加了若干次赴长江流域的观测，从河口一直上溯至云南的丽江。

即便是在现代化的远洋科考船上，我们做的许多事情也离不开周围的同事们的帮助。譬如，在赴热带西太平洋的观测期间，我们在科考船的前甲板上使用一种名为Niskin-X的采样器架（注：系一种利用聚乙烯塑料与钛合金制造的、用于采集深层海水样本的器械）采集水下10米深度的海水样本，以满足痕量分析之需求，每次都需要技术部门的工程师帮助。后来，船长见我们在前甲板采集水下10米深度的样本时，手工操作耗时、费力且不安全，遂请轮机部门的工程师们帮助做了一个可以转动的不锈钢三脚架。由此，我们的工作效率提高了许多，安全性也增加了许多。

在做以上这些事情的时候，得益于前辈的支持和同事们的鼎力相助。可惜，我不能够有机会一一具名感谢他们，以表示自己深深的敬意。

关于环境问题

我有一位令人颇为尊敬的学术前辈，随着年龄的增加，他逐渐从一线的研究活动淡出，在从管理岗位退下来之后，开始将更多的精力倾注在关心国家近海生态系统的健康与可持续发展的问题上来。在过去的十多年中，这位前辈在不同的公众场合演讲，在不同的学术交流层面上撰文，呼吁国家与社会关注和保护近海的环境，维护那里生态系统的可持续发展。此外，他还在中国科学院组织了多个关于在沿海地区经济与社会的变革过程中，如何维持近海生态系统的健康发展等方面的咨询项目。

在我看来，环境保护的问题与社会的发展阶段有关，或者说保护环境是"有钱人"才能做到的事情。当然，这样的说法也不是没有偏颇之处，可是实际面临的问题却是，如果处在衣不蔽体、食不果腹的状态时，我们的口袋里面会有钱对周围的环境保护项目进行投资吗？此外，就环境保护的效果而言，我觉得也仰仗于公民素质的提高和教育所发挥的作用。在这中间，还需依靠必要的法律措施进行约束与惩戒。因而，倘若一个人还在为生计而整天四处奔波时，与其探讨气候变化对南极冰川带来的危机，恐怕十之八九是在"对牛弹琴"。这里面的哲学寓意大概和曹雪芹笔下的《红楼梦》中，刘姥姥进了大观园有得一比，或者，在鲁迅的笔下贾府的焦大与林妹妹之间的故事，其寓意恐也在此。

在我开始系统地接受高等教育的年代，在铁路上奔驰的客运列车还是清一色的"绿皮车"。因为车厢里面没有空调设施，车窗在夏天都敞开着。彼时，在千里铁路线上牵引整个列车的还是烧煤的蒸汽机车，若将头探出车窗去"纳凉"，经常会被弄得满脸的黑灰或者是雾水。当年，塑料餐盒与塑料袋刚刚时兴，当火车在车站上停靠时可以在站台上的手推车中买到各式各样的盒饭与袋装的水果。那个时候，火车的站台和车厢里也都没有像样的生活垃圾处理设施。乘车的旅客在站台上和餐车中购买了盒饭与水果等，吃完后便将塑料的饭盒、一次性的碗筷、塑料袋等废物从行驶的火车车窗丢出去。久而久之，轨道两旁的树丛中、石子路基上到处是各色各样的塑料垃圾。那段时间，当我乘火车旅行时，看到窗外的树枝上挂着五颜六色的塑料垃圾袋，心中感到很不舒服。后来，在新设计的列车上面加装了空调设施，车窗变成了封闭式的，在车厢里面也配备了专门的垃圾箱。而且，新的规定还要求不准从列车中再向外丢弃垃圾。在之后的若干年中，铁路边上的那些塑料盒、塑料袋等就少了许多，慢慢地这些"挂"在铁轨两旁的树枝上的塑料垃圾就统统都不见了。我猜测，在这中间有关部门大概也动员社会上的力量将这些道旁的垃圾进行了系统的清除。过去，在火车上是允许抽烟的，车厢内经常是烟雾缭绕。现今，在新设计的高速列车中全程禁止吸烟，而且还颁布了相关的惩戒规则。在乘车旅行期间，倘若留心就可以看到有乘客在火车行驶的中间靠站后，抓住那短暂的一两分钟，溜到站台上吸一根烟，过过瘾。

图 8 坦桑尼亚阿鲁沙附近一处河道边上的树根/枝挂着的塑料制品碎片。这应该是在上一次的洪水过境时遗留下来的纪念,在 20 世纪的 80 年代,我们国内的铁路边上的树枝上也曾经是类似这个样子的。

近期,我同在实验室读书的留学生一道前往位于坦桑尼亚的乞力马扎罗山地区进行野外观测时,也见到在干枯的河床边,裸露的树根和树枝上挂着五颜六色的塑料制品,那应该是此前的洪水季节"遗留"下来的作品(图 8)。此景应与 20 世纪的 80 年代我在国内乘火车旅行途中所经历的情况类似。

在我们的周围,关于利用规则和法律来约束人们的行为,并借以提升公众素质和修养的例证有很多,其中一个大家都熟悉的实例是关于如何遵守交通秩序的问题。在我国现行的交通规则中规定,当前方十字路口的绿灯信号出现时,允许机动车直行和向右拐弯(注:除非有禁止右转弯的信号灯标识亮起),与此同时,允许同向的行人与非机动车(譬如:自行车)穿过横向的道路。在一些情况下，绿色的信号灯也允许机动车左转弯。在相当长的一段时间内，拐弯的机动车与横过马路的行人、非机动车之间争抢道路，时有交通事故发生。在 2016—2018 年，上海市动用警力，着重整治机动车拐弯不礼让行人和非机动车以及行人与非机动车乱穿马路的情况。几年下来，前面所陈述的情况好转了许多。在其他的城镇也有类似的情况，我出差去杭州，在搭乘计程车时，若遇到前面的路面上画有斑马线，司机都会减速和礼让路边等待的行人。当被问及何故时，司机回答说，在画有斑马线的路面上方装有监测摄像设备，如被发现有不礼让行人和非机动车的行为，会直接导致扣分和罚款的惩戒。我在回到呼和浩特休假期间，于街道的十字路口也见到类似这样的宣传警示，若在十字路口不按交规礼让行人和非机动车者，汽车驾驶员将被罚款 200 元、扣三分。其实，机动车辆在经过十字路口和斑马线附近的时候需要礼让行人和非机动车这件事情，早就写在交通规则与法典之中，在我们申领和考取驾驶执照的必修科目（注：科目一）中就学习了相关的内容。只是若没有行之有效的监督和惩戒措施，我们就觉得可以不按照这些规矩行事。然而，毕竟汽车的驾驶人员在操控着一个可以剥夺他人的生命的"凶杀"工具，从道义的角度出发，仅仅就凭这一点，机动车就应该礼让路上的行人和非机动车辆。

近期，学术团体和社会各界在过去许多年中的不懈努力终于有了回报。在 2018 年，中央政府终于通过立法的形式颁布了在全国范围的严格限制围、填海的规定。前面所讲述的那位学术前辈的奋争终究没有付之东流。在我参加的一些关于沿海环境问题的学术讨论会上，往往会听到有些学者抱怨说，行政部门的管理者们和政策的制定者们不懂科学。其实，我们不能够简单地将沿海地区的环境和生态系统所面临的负面问题，从管理和政策的层次上归咎于或者下结论说"官员们不懂科学"并予以谴责，这是不公正的。现行的社会中，在行政和管理部门工作的官员大都受到过系统的高等教育训练，中间不乏有人具有硕士或博士学位，可谓既学有专攻又具有实际工作的经验。但是，当地方的经济发展、社会规划的多方诉求等需要采取相应的行政管理措施的时候，他们面临的往往是相互纠缠、盘根错节的问题，以及具有多重性的选择困扰。对此，民间有"按下葫芦起了瓢"之说，比喻非常贴切。有些时候，我猜想大概很难在诸多选项中来权衡诸如拉动经济发展与提升GDP、社会的结构改善与文明建设，以及用更为长远的视角关注沿海环境与生态系统可持续性等方面的不同需求。我们自己也应该向前面讲到的那位学术前辈学习，承担在一定程度上的社会责任，譬如更多地关注如何将科学研究的成果及时和准确地传递给社会和管理部门，用于公众的教育和知识普及之中。学术研究的成果不应该仅仅停留在科学杂志的论文层次，被束缚在"象牙塔"之中，成为所谓的"阳春白雪"。从这一点来讲，我们相对于西方的一些发达国家还有比较大的差距。

其实，在过去的几十年里，在经济发展的过程中，我们的周边不乏因为考虑事情不周或者不够长远而引起对沿海环境和生态系统带来负面作用的事例。在山东半岛东端的荣成市，有一处面积不大的滨海湿地，在当地被称为天鹅湖，有时也被叫作月湖。根据《中国海湾志》（海洋出版社，1993年）一书，月湖的面积大约为5平方公里，水深可达5米。在湖的东面有一个狭长的沙坝将平静的湖水同外边波涛汹涌的开阔水域隔开，而在湖的南端有一个几百米宽、比较深的水道同渤海相连。在

20世纪的50年代到60年代，天鹅湖每年都会接受南、北迁徙的候鸟在此地休养生息，有些天鹅更是终年生活在这里。历史上，天鹅湖出产名贵的海参，湖中也生长一种当地人称为大叶藻的海草。这种海草不仅为海参提供了生长的栖息环境，而且被当地人用作建筑的屋顶覆料，据说是冬暖夏凉。当年，我在山东的荣成地区做野外和海上的观测工作时，还去那里参观过利用这种海草做屋顶的房舍。在20世纪的60年代到70年代，当地的人觉得天鹅湖中的优良种质资源不应该流失到外海去，于是在潟湖的入口处修筑了一道堤堰，以图将诸如海参等珍稀品种的栖息地与开阔的渤海隔开。然而不幸的是，在接下来的二十多年间，天鹅湖的资源每况愈下，不仅海参的产量连年下跌，海草的栖息地面积也日渐萎缩。接下来，到这里越冬的迁徙鸟类的数量也显著地减少，甚至在某些年份都见不到天鹅的踪影。更加令人担忧的是，在天鹅湖的西边是大片的农田，在耕种过程中使用的化肥也随着地表或者地下径流被带入了水体之中；伴随着岸边土壤的流失，潟湖的面积和深度也出现逐渐萎缩的特点。加之，在天鹅湖与开阔的海域之间修筑的堤坝阻碍了两者之间的海水交换，使得这里出现了富营养化的现象。20世纪的90年代初我回国之后，在青岛海洋大学工作的一位学术前辈曾经组织我们就荣成天鹅湖的问题进行了多次比较深入的讨论，并形成了一个研究项目的建议书，试图帮助当地的政府做一点事情。但是，因为缺乏资金的支持，当时的研究工作难以为继。项目的建议书在呈交到政府部门之后竟然没有了下文，种种努力最终都不了了之。现在回想起来，依旧感到颇为遗憾。

2010年以后，在当地的同人们的推介和引领下，我有机会再一次去天鹅湖参观。彼时我们注意到，在潟湖中靠近岸边的地方出现了许多的刚毛藻，这是一种在具有富营养化特点的近岸环境里生长的绿藻。在20世纪的末期，当地的政府曾投入资金将潟湖入口处的堤坝炸掉，在接下来的许多年中，一家企业注资将那堤坝的水下残留部分陆续地清除。在我去天鹅湖的时候，清澈的湖面上看不到昔日鸟类引颈高歌的场面，游人也寥寥无几，显得有些凄凉。据说，虽经十多年的努力，湖中的海参资源依旧没有得到明显的恢复，水面下也难以见到游动的鱼儿。在乘船观察的途中，倒是在原本应该是海草栖息的地方见到了许多的刚毛藻。据当地的人讲，刚毛藻的泛滥也影响到了鸟类的栖息地。而且，对这种藻类的治理和根除在技术上尚没有什么好的办法。我不知道，天鹅湖是否能够如当地人所愿在有朝一日恢复到20世纪60年代的状态，甚至变得更好。显然，目前的情景，在我看来系一种悲哀。

其实，对毗邻的海洋生态系统进行干涉，以期发生如我们所愿的转变，或者采取一些措施希望被破损的生态系统得以恢复的时候，我们似乎忘记了一件事情：作为响应或者反馈，生态系统的变化同外部的驱动作用之间的关系是非线性的，在时间尺度上也具有一定的滞后，生态系统的转变也具有不可逆的性质（图9）。譬如，无论我们怎样努力，都不能够指望那些已经在自然界灭绝的物种获得重生。于是，最好的办法或者明智的举措就是约束我们人类的欲望，使那些本已脆弱的生态系统在今后的演替不至于进一步恶化，使那些本已处于濒危状态的物种得到应有的保护，不至于灭绝。在这一方面，天鹅湖的遭遇应该就是一个很具有说服力的例证。

我在一些关于近海生态系统的可持续性的咨询项目中，见

关于环境问题

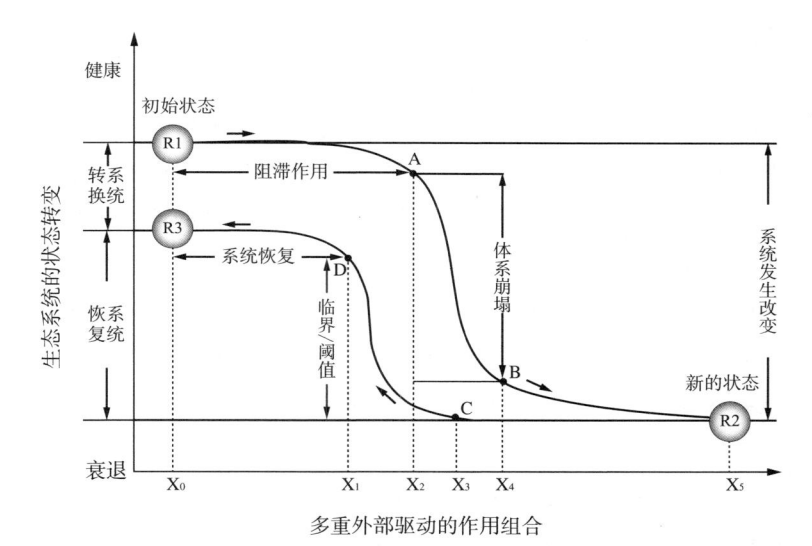

图 9　生态系统的变化/响应与外部的驱动作用之间的"滞后"关系，以及生态系统在变化过程中具有的不可逆特点。在图中，X_0 至 X_5 分别代表体系在外部驱动的作用下所处的不同阶段时间节点；R1—R3 是生态系统所处的不同状态，其中 R1→R2 代表体系在外部驱动的作用下走向衰退，R2→R3 表示当外部作用去除后体系的恢复情况。简言之，体系的初始状态对于外部的驱动作用具有一定程度上的恢复能力（即阻滞作用）。当外部的驱动作用超过一定的临界阈值后，体系的变化将会不可逆转，并进入新的状态；反过来的情况也具有类似的特点。在许多情形下，体系的变化过程将会是不可逆的，即无论我们如何努力，被破坏的生态系统都不能够恢复到原有的状态。

到过许多来自全国不同单位的不同年龄和性别、具有不同专业背景的成功人士。在这样的咨询项目的会议上，与会者往往会从本专业的角度分析我国在过去的几十年中对近海生态系统的负面影响。譬如，在 20 世纪的 80 年代以前，在山东半岛的沿海地区发育有一些很有价值的潟湖系统，随着过去几十年的经济改革与社会的开放，沿海地区普遍进行了大规模的围垦，用于养殖或者造地，以至于如今从高分辨率的卫星资料上难以再看到尚处于自然状态的海岸与滩涂（图 10）。如今的地方行政管理部门的官员们所面临的两难选择是，脆弱的近海生态系统正在承受着社会和经济快速发展的诉求所带来的巨大压力，孰轻孰重。当在对诸如国民经济的发展、生态系统的养护等许多看似互不相容的方面进行选择时，就如同下棋一般，可能会面临着"一招不慎、满盘皆输"的局面。

在社会的经济实力尚且欠缺的阶段，政府首先要解决的问题恐怕是满足人们对生活水平提高这样一个基本的却又十分重要的需求。此外，近海的环境和生态系统的变化相对比较快，人类活动的影响又是多方面的，且彼此相互干扰或者冲突。相对而言，研究工作比较滞后，跟不上自然界发生的变化，我们也拿不出现成的经验以供借鉴，或者缺乏相应的研究成果"以理服人"。在种种自然与人为因素的作用之下，于是出现了我们在今天所看到的近海生态系统普遍面临着的退化的局面。

关于环境问题

图 10 从卫星图片上看到的山东半岛上靠近莱州湾顶部的一处海岸上的地貌特点（数据来自百度地图）。在图中，原始的海岸地带已经被改造得面目全非，滩涂被围垦之后用于养殖具有经济价值的品种。特别的是，原来在潍河（左侧）与胶莱河（右侧）入海口附近的大片滩涂都"消失了"，它们被改造成了养殖和围垦用地。在 20 世纪的 90 年代后期，我本人曾经在那里参加过野外的观测活动。

第三辑　人生

如果仔细地观察周围，在介绍自己的成功时，许多人会将其归结到个人的层面；在反省遭受的挫折时，又会有意或者无意地将问题丢给他人。其实，客观地讲，情况不应该是这样机械的"二分法"。发育正常的人彼此之间在智商的层面上相差不大，主观的努力与客观的环境对一个人的成长同样重要。现今的社会上，我们几乎没有可能不依赖他人而独立地工作与生活。在个人的职业生涯中，我们依赖于周边前辈的提携、同事的帮助、家庭的支持等等。这些因素，加上我们所处的环境，就促成了在成长过程中所遭遇的种种"机遇"。

关于"自我"的反省

20世纪的90年代初,我从欧洲回国时正值"而立之年",彼时气盛得很。当时,就如同现在我遇到的许多年轻人一般,心中有一个很大的抱负,觉得可以做很多的事情来报效我的国家。在三十多年之后,当我回过头来审视自己走过的道路,思忖自己的所作所为时,又从内心由衷地感叹其实很多的事情我都做不成。难道这就是古人所讲的人过"五十而知天命"吗?

我在大学里面读书时,当时的学籍管理开始实行选修学分的制度,将课程根据专业的培养计划分为必修课和选修课两种。在每个学期结束之前,要在学校的教务部门公布的下一个学期拟开设的课程名单中,根据培养计划将自己感兴趣的课程进行学分和时间的分配,待选择好之后需交由当时的指导教师认可。我记得在三年级的时候有一门课程叫作"大地构造学",我很是不喜欢,不愿意去选修。我的毕业论文指导教师、当时的教研室主任在看到我的选课单之后,苦口婆心地希望说服我去选修这门课程,而我本人却很不耐烦地顶撞他。距今虽然经过了几十年,我仍旧能够回忆起当时的场景和自己说出的那些不礼貌与过激的言语。在走上工作的岗位之后不久,我开始懊悔当初的一些粗浅想法,并希望能够有机会在回国之后向那位导师为自己当年的无知和冲动行为进行道歉。只可惜,彼时得知那位和蔼可亲、诲人不倦的指导教师已经去世多年,而我也永远失去了一个认错的机会。

后来,我转到了另外一个学校去读硕士研究生。为了提高学生们的野外工作能力,系里面安排在暑假期间由指导教师带领我们进行实习。当时,我在内心中抵触这种教学安排,给自己找的理由是我在上大学之前和在大学期间都曾经做过类似的事情,自我感觉已经"合格"了。甚至,曾经因为类似这样的事情不惜在校园中质问一位学术造诣颇深的教授,然后赌气在暑期回家去休假。那时,我的确自负和意气用事,也没有换一个角度仔细地揣摩老师因材施教的苦衷。而当年被我质问的那位教授其实在日常的生活中对我颇为关照,如同忘年之交一般。也是在很多年之后,我也在学校里面教书的时候,才逐渐地体会到做教师的不易。当然,我也没有颜面再去面见当年的那位教授并为自己的鲁莽和无礼道歉。

回忆到这里,我在读书时是不是一个"难缠"和"带刺"的学生?然而,我所经历过的蠢事还远没有结束。后来,我在法国的巴黎高师读书期间,参加了一个名为"2000年的欧洲的河流与海洋"(英文缩写:EUROS-2000)的欧共体国家合作研究项目,并在其中进行针对法国的罗纳河口与地中海西北部的观测。1987年的夏天,我们有一个EUROS-2000项目的观测工作是认识罗纳河的流量变化对地中海的生态系统的影响,中间需要在不同的盐度区域采集一些体积数量很大的河流、河口与海水的样本(注:每个样本的体积是数百升),然后利用连续高速离心(注:每分钟3万转)的技术,将水里面的颗粒物质以每小时20—30升的速度分离出来,以便对其中的人工和天然放射性同位素进行测量。那段时间，我们白天出去观测和采样，夜里进行样本的处理和分析工作。天气炎热，几乎整夜都没有时间睡觉。如此往复，几日之后，便精疲力竭。望着地上那些积攒得越来越多的样本在炎热的天气下得不到及时处理，我便擅自做主，将实验的流程做了修改，通过增加设备的进样速率，尽早结束样本的分离工作。那个航次的首席科学家是一位物理海洋学教授，极为认真且颇为严厉。他得知这件事情后，大发雷霆，于是一个电话便打到了我在巴黎的导师的办公室。那时，这位物理海洋学教授的女儿同我很要好，私下里透露给我了这件事情，我也准备着为这个错误在野外观测之后被导师和实验室的同事们"处理"。后来在航次结束后，我回到巴黎向导师汇报自己的工作时，出乎我的意料，他并没有对我进行严肃的批评或者"训诫"。他只是告诉我，做实验应该按照流程，如果要进行改动，需要预先做理论上的分析和利用研究的数据进行检验。同样，做事情也要按照规矩行事，我们可以根据情况对现有的"规矩"中不合理的地方在预先经过协商并达成一致的条件下进行修改，但是不应该随意地破坏技术流程。后来，我们在一次出差的时候闲聊，又谈到这件事情。我的导师委婉地对我讲道，出海观测如同其他许多的事情一样，是一个集体的行为，做事之前应该多与大家商量，而不要一意孤行，更不要意气用事，云云。

像上面所列举的这些蠢事，在这一生中我还做过很多。这些错误和教训一直留在我的记忆之中，并不曾随着岁月的流淌而褪色。相反，当我开始回首往事的时候，最先映入我的眼帘的，也是这些在人生道路上的错误和失败。我觉得，正是这些错误和失败，曾使得我们在生活中丢失了许多本来应该属于自己的美好东西；但是，同样也是这些失败和教训，使得我们成长并逐渐地成熟起来，在生活中有声有色。我们回过头来审视自己走过的道路时，会觉得生活更加多彩和值得眷恋。

其实，人是在错误/教训、挫折乃至失败中成长起来的。回味自己走过的道路，我还记得在年轻时所犯过的"严重"错误，这些教训经常地为我敲响警钟。我在随后做教师的经历里，也从一些学生的身上看到自己当年的影子，遂对年轻人的鲁莽、失误在可能的范围内逐渐采取一种比较宽容的态度。这些变化，现在回想起来，应该与当年的老师们对我的栽培有关，心中当存感激之情。

回顾以往，我觉得老师对自己的教育就如同园丁在苗圃中对树苗的培育一般，除了呵护有加之外，更会注重对枝丫的修剪，使之成长得更直、更高，结出的果实更为丰硕。

回首往事，在心中觉得自己没有错、感觉良好时，错误其实就在前面路上的某一个角落里等着我。当一个人的自我感觉良好或者很自信时，实际上他生活在一种"自我欺骗"的帷幕之下，看不清自己本来的面目，也错误地评判了周围的事物，就如同我在年轻的时候一般。美国学者泰勒·考文（Tyler Cowen）在他所著的《生活中的经济学：发现你内心的经济学家》（广东经济出版社，2016年）一书中仔细地考查了这种"自我欺骗"在个人生活中所发挥的作用。泰勒·考文在书中讲道，当一个人感觉自信的时候，他会觉得自己比周围的人更为优秀，超过平均水平。这就如同我们中间的许多人认为自己对社会上的事情会做出较别人而言更为合理的判断，做出的贡献更大，但事实往往并非如此。"自我欺骗"的帷幕遮蔽了我们的眼睛，麻痹了我们的思想，随之而来产生的后果包括在个人生活中付出精神与物质（经济）上的代价、在社会上丧失人间的友情，以及在工作中导致的失误/失败。

若干年前，我曾经鼓动家里的豆豆（孩子）利用业余的时间到附近的一个健身俱乐部锻炼。在那个健身俱乐部里，关于训练活动的收费款项可以选择不同的支付方式。譬如，可以选择（1）单次付账，（2）购买10次的健身卡，（3）使用半年有效期的会员卡，（4）使用一年有效期的会员卡。从个人的花费角度，如果经常去那里锻炼，选择（3）或者（4）会比较经济。我经过思考，觉得选择有效期是半年的会员卡挺合算，因为可以随时到那里参加锻炼活动。但后来的事情发展过程表明，故事并非像我当初所想象的那样。初中的功课比较紧张，豆豆一般要到晚上的8点之后才能从学校回到家里。周末的时候，豆豆又要去学习小提琴、参加乐团的排练、上基础课的培训班等等。结果是全家都陪着忙得不亦乐乎，没有精力再去想什么体育锻炼的事情。整个一个学期包括暑假，豆豆能够有精力去那个俱乐部参加的训练活动也就是十余次。况且，有的时候还不是出自真心，而是考虑已经支付了费用而不得不到俱乐部去"锻炼"身体。其结果是身心俱疲惫并且感受到了一种负担。回想起来，当初若购买一张可用10次的健身卡，哪怕是选择单次付费的形式，都更加合适。在生活中，我们欺骗了自己。

也许上述这种情况并不特殊。我们选择商家推荐的诸如"会员卡"或"消费卡"之后，往往会发现我们并非如当初所想，需要那么频繁或者大量地在特定的地点进行消费，但是因为已经支付出去的钱款，自己在内心中感到不安，被束缚和绑架了。商家大概也利用我们的这种自我欺骗的心理，通过推销诸如"购物卡"或者某种形式的"促销"活动来使顾客"自愿"

地上钩。

我们自信，在一些情况下希望自己在别人的眼里不一样或者得到重视。这种自信既可以是以一种强势的面孔（譬如：专家的角色）出现，也可以通过贬低其他而提升自己的形象。我注意到，在自己周围的个别教授对基础性的实验工作不屑一顾，认为没有必要把时间浪费在具体的事务性工作上。但事实上，这些同事的动手能力和解决具体问题的本领实在是很让人大跌眼镜。

这种自我欺骗在日常生活中也很常见。在小区里面的树荫下，若有人在那里下棋，旁边总会有一些围观和指手画脚者。但是，从客观的角度来看，观棋者的技艺未必更加高明。在大街上若发生了一些诸如人事纠纷或者有路人遇到困难之类的事情，常常也有很多围观者在一旁评头论足，似乎自己比别人能够更好地辨别事情的曲直与是非。然而，往往事情的真谛并不是这样。在工作中，自信其实是一柄双刃剑，只是当我们置身其中时往往难以把握住分寸。我自己在出海观测中，也曾经因为自信做出过一些错误的决定，并造成无可弥补的损失。我在年轻时，也曾经在一些公开的学术场合很坦率地对同行/同事的学术观点进行质疑，也是基于自信。现在看来，这种行为其实在有些时候也是一种自我欺骗，我以为自己的看法是正确的，其实未必如此。而且，这种不论场合的"坦率"，在很大的程度上伤害了与同事之间的友谊，而且无可挽回。

随着年龄的增长，我在有的时候又会走到另外一个极端。我们都知道，年轻人有时会将从课本上学到的知识与需要在实际工作中积累的经验相混淆。类似地，上了年纪的人常常也会将自己的经验误判等同于知识。美国的海洋科学家布鲁斯·佩特森

(Bruce J. Peterson）曾经在 1993 年于《河口》（*Estuaries*）杂志的第 16 卷刊登一文，题为《合作研究的得与失》（"The Costs and Benefits of Collaborative Research"）。在该文中，佩特森回顾道，当一个人随着年龄的增加、在学术界的地位逐渐稳固，他于所在学术领域的研究项目的数量在一定程度上将会显著地增加，合作者的范围也将会大大地拓宽。但是，伴随而来的是一个人在单项研究课题中的参与或者就某一个具体问题的理解程度则会相对地下降。的确，我们在年轻时，在从做学生的年代开始，曾经就研究论文的命题挑灯夜战而不得其解，曾经为寻求解决问题的方法和技术苦思冥想而不得其径，但是，当我们经过历练并终究"熬"成了教师之后，慢慢地开始习惯于依据自己的经验、年龄和资历去说教学生，试图规范年轻人的行为。往往，在此刻会听到周围的年轻人利用"代沟"一词，来形容我们之间对待周围事物在观点上的差异。所以，在工作中会出现在我看来一些年轻人缺乏必要的训练，而在年轻人的眼里则是我已经落伍了的情况。岂不知，一个人经验的积累远赶不上学术界知识进步的步伐。我们已经忘记了自己在年轻时是如何满怀希望、迫切地想去开拓一片新的属于自己的天地。

在现代的高等学校中工作的教师或者工程技术人员一般都会被要求有接受系统性教育的经历。于是，在高等学校中工作的人们在其职业生涯中大都会经历学习、教学/研究、管理、咨询等几个不同的发展阶段。当然，这中间，因每个人的情况不同，上述的不同阶段之间或有重叠或有缺失，但是在整体上它们与个人的资历和年龄的增长相伴。在我们年轻时，需要接受系统的教育和训练，并在某一个比较狭窄的专业领域获得相应的学位，成为一个年轻的"专家"。接下来，在大学的环境中将要进行比较长时间的教学或研究的工作，积累经验。鉴于大学的一个重要的社会功能是进行知识的传播和对有志青年的培养，具有一定的研究工作经历和学术研究成果，将会对教学有莫大的帮助。从这一点来讲，似乎教师在他们年轻时花费更多的时间和精力在大学或者其他的什么地方（譬如：学术机构或者企业界）开展一些研究工作，会对日后的教学活动以及延长其在三尺讲台上的授课生涯更有帮助。我们中间的一些人，或有意或无意，会在人生中间的某一个阶段转向/进入管理工作的岗位。此人若在此之前具有一线教学和研究的经历，将对其在管理部门的作为，从个人素质和处事方法等方面带来正面的影响。古人云："宰相必起于州部，猛将必出于士卒。"这大约讲的就是这个道理。在随着年龄的增加，从一线的工作岗位上逐渐"淡"出之后，在年轻时积累的工作经验和教训使得我们会在教学工作的提升优化、学科规划的发展取向、研究项目的申报组织等方面发挥咨询的作用。中间，也有一些人士会在关于学术和社会事宜的专家委员会中任职，就相关的问题、项目、规划等进行"评审"和"把关"。如此，在人生的不同阶段，我们应该具备的特点和在社会上所需发挥的作用也是不同的。在我们年轻时，应该安心和扎实地从事基础和一线的教学与研究工作，不因为周边其他人手中拥有充盈的项目与经费而变得浮躁，也不应因他人身上贴具的"标签"或者拥有的"光环"而感到炫目。在我们从一线的工作岗位上最终退出来时，也不应该成为怨天尤人的"哀妇"，而恰恰应该是如同坐在剧院里面的观众，欣赏他人在舞台上的表演，并以掌声作为回报。

也论"老之将至"

在年龄接近 60 岁的时候,所面临的是一个不可回避的问题:何时退休?在我的周围,当与一些同事进行交谈的时候,有时他们也会有意或者无意地向我提及这件事情,并问我在退休后有何打算。的确,退休这件事情对于每一个公职人员都是或早或迟面临的境遇。当我们年轻,刚出校门并进入工作岗位的时候,"退休"这个词距我们还遥远,那时心里想的是怎样在职场上奋斗一番,做一些事情或者实现心中的抱负。几十年之后,当我们越过"中年"这道门槛之后,就看到后面标注有"退休"的那扇朱漆大门伴随着生活的步伐距我们愈来愈近了。还好,相比周围的许多人我应该算是幸运的,因为在退休之前还可以有时间思考自己在今后如何打算。

2014 年的夏天,我在位于德国的代尔门霍斯特(Delmenhorst)的汉斯前沿科学研究中心(Hanse-Wissenschaftskolleg,HWK)进行为期 5 个月的学术访问。那是一个安宁和静谧的小城,在学术访问期间很少有局外的人或者事情打扰,闲暇的时候可以有时间思考一些事情,当然也包括直面人生。在 HWK 的外边是一片不大的森林,中间稀稀落落地分布着为数不多的几户人家。穿过那片树林,最先映入眼帘的是一大片有着不同颜色的田野，上面种了玉米和小麦。我在代尔门霍斯特做学术访问时，已经到了那一年小麦灌浆的季节，玉米也开始传粉了。一阵风吹过，传入耳廓的是那"刷刷"的叶子颤抖的声音。在路边有一条小溪相伴，河水清澈，静静地流淌，可以见到水里面的小鱼游来游去。在路上，偶尔可以遇到一两个过客，碰面时礼貌地相互打个招呼。除此之外，你会觉得独自处在一片空旷之中，嗅到树木、花草、农作物的芬芳，感受到大地的呼吸。

当地所处的纬度比较高，所以在夏天的傍晚，天空还是比较敞亮的。晚饭之后，我会到那片小森林和旁边的田野中漫步。周末的时候，若遇到晴朗的天气，我也常常到那里去。在森林中的小路边，有一棵高大的树木，胸径有 1 米左右，在下雨的某一天被空中的雷电击成两截，那残留的树桩尚剩余 2 米多，上面还留有烧焦的痕迹。旁边，原本位于上端的树冠就斜躺在灌木树丛中，我估计那树木原来应该有四五层楼的高度，当属"木若秀于林，雷电必摧之"的可悲结果。

2018 年的秋天，我又一次来到代尔门霍斯特的 HWK 并在那里做第二次为期 5 个月的学术访问，其间，又多次在院子后面的那片树林中踱步。那个被雷电击毁的树干还在原处，在傍晚出去散步时，我时常经过那里。令人惊诧的是，尽管那段残留的树桩已经变得枯朽了，且树干的侧面出现了许多的空洞，但在四周生长出来了许多的菌类（譬如：蘑菇）。在树干的周边，剥落下来的腐朽木屑堆成了一个小丘并化作了泥土，比旁边的路面高出大约 10 厘米的样子。中间，我还注意到在 2014 年不曾留意的地方，其实那树干的底部早已被"掏"空了，留下来一个很大的空腔。然而，在那段腐朽的树干的旁边和顶部，我却看到了新生长出来的枝条（图 11）！那新生的枝条已经长到

图 11 在德国的代尔门霍斯特小城的郊区，在 HWK 院子外边的丛林中一棵被雷电击倒的枯树。彼时，在那段枯朽的树桩之顶部已经发育出了新生命的嫩枝。

了 1 米左右的高度，尽管枝干还显得单薄，不禁风雨，但上面的确已经萌发出了叶柄和更为细嫩的枝丫。

仔细想想看，退休之后在生活中还是会有许多的乐趣，会有更自由的时间可以支配，也有更多的选择去做不同的事情。其实，年轻时在我们每一个人的内心深处，何曾没有过一些"梦想"，却因为工作、家庭、生计等诸多方面的因素，一直没有机会实现。在退休之后，倘若主、客观的条件许可就可以去逐梦。回顾四周，我的一些同事在这方面已经做得挺好了，且成了我的榜样。譬如：

有些人参加了老年大学，在其中学习诸如书写、绘画、摄影、音乐和舞蹈等科目。回到学校与我见面时，他们往往谈起那些在年轻时多次萌动却不曾有机会做的事情，其乐融融。

一些同事身体不错，出去爬山、涉水，在国内不同地区乃至国外旅游，可谓丰富了个人阅历和宽阔了胸怀。通过这些活动的熏染，他们对周围的事情的看法也发生了改变，有些人甚至身体的状况也比以前好了许多。

一些前辈在退休后仍然勤奋地耕耘在学术研究这片沃土之中，埋头写作。他们总结多年来在教学和研究工作中的知识和经验，并将它们流传下来，几年中不断有新的成果发表和出版。

有些同事在退休后依旧活跃在学术活动的舞台上。他们以自己多年积淀的成就和在学术界的影响，帮助年轻人在进入教学或者研究领域的初期阶段，尽快地挑起大梁，并促使年轻人在学术成长的道路上更为通顺一些。

更有一些前辈，在告别了三尺讲台之后，真正地"融"入了家庭，不再留恋在过去的几十年中曾经为之奋斗的事业。其中一些人远走异国他乡，同孩子们团聚，享受人间难得的天伦之乐。

当然，还可以有许多其他方面的选择。在年轻时，我们每一个人在内心中都有或这或那的梦想，中间因为生计而奔波，或者因为其他的什么因素，梦想未曾兑现。那么在退休后，只要身体健康，便可创造出机会去实现那个埋藏在内心深处多年的夙愿。我觉得，只要一个人有意愿、不吝啬出力、不畏艰苦，总应该会找到一件或几件适合自己的事情去做，去完成自己在年轻时想做却又出于种种原因没有能够去实践的事情，或者选择去了却在青年时代未能够实现的心愿。特别的是，在我原先的工作单位有一位"女神"级别的大姐，她退休后的生活不仅丰富出彩，而且还发掘出在年轻时不曾有机会展露的才华。我的这位同事，在退休后夫妇两人曾经驾车游历国内的许多地方并实现了自己的摄影梦想；在冬季里参加合唱团，重新捡起年轻时拉手风琴的技能。据说，这位大姐还做一些编辑和出版的事情，最近又开始作画，真是多才多艺，令人羡慕！

当年，我在巴黎读书期间的指导教师之一让-玛丽·马丁（Jean-Marie Martin）教授，在我回国之后转到位于意大利的一个欧盟环境研究机构担任所长的职务。他在退休之后做了一个华丽的转身，成为一位艺术家。他以黑窑烧瓷作为技术，将一位海洋科学家对地球系统的变化与环境问题的理解和担忧通过艺术品的形式表现出来，获得了成功并在世界各地多次举办了个人作品的展出活动（图12）。十多年前的一个秋天，他从意大利的米兰动身来上海看我，可谓万里迢迢。随身他携带了一件自己做的艺术品并在上海赠予当年来自中国的留学生，此举令我非常感动。那是一件烧瓷的方形瓷盘，上面描绘的图案刻画了海洋中水母的"泛滥"对生态系统带来的负面影响。我将这件瓷盘珍藏在自己办公室的书架里，不过在旅行途中它的一个角被碰掉了，令人心痛不已。

我的另外一位老师，德克·艾斯玛（Doeke Eisma）教授，精通多国语言，他在退休前曾经是荷兰海洋研究所中海洋地质部门的主任。他在退休之后成了一位考古和历史学家。在过去的20多年中，几乎每隔一两年便会从荷兰的海牙来上海，与我和他的另外一位故交陈吉余院士小聚并逗留一周左右，之后从上海再次动身前往蒙古国，并在那里做为期1—2个月的野外考察工作。德克在退休后笔耕不辍，在那段时间里我时常会收到从荷兰寄过来的、他写的书籍，内容多是关于考古与历史方面

图 12 我的老师，让-玛丽·马丁教授在退休之后转向艺术领域，这是他在欧洲举办的个人艺术品展览会的介绍之一。在图中，让-玛丽以"死亡的海洋"（Mer Morte 01）、"海啸"（Tsunami）、"失去希望的鱼"（No Hope）等为主题，表达对未来海洋、气候的变化给生态系统带来的负面影响的深切不安。

的最新成果。后来在实验室搬迁中，相对于个人收藏，我更倾向将这些珍贵的书籍转赠给学校的图书馆，以便有更多的人可以阅读到这些研究成果。当年，他在上海停留期间，曾经给我解释过为何在庙宇的门前摆放的石像是以今天的狮子作为模板而不是其他等等。记得有一次在闲聊时，他对我讲，在今天的蒙古文字中依旧可以寻找出古突厥语的痕迹，令我感到十分地惊诧。

在位于不来梅哈芬港（Bremerhaven）的德国极地与海洋研究所，我有一个同事格哈德·卡特纳（Gerhard Kattner）教授，他是位有机地球化学家。在退休后，格哈德积极地投身于公益事业，其中包括帮助非政府机构开展对濒危动物的保护。他与其妻子也参与了许多所在社区的环保活动，譬如植树、到海滩上捡垃圾、制作挂在户外的鸟巢等。此外，他在位于乡下的自家院子里面养蜂，制作蜂蜜。见面时，若谈到养蜂的事情，他似乎有许多的经验可以分享。当年，我在德国的极地与海洋研究所做学术访问期间，格哈德还送给我几罐自家酿制的蜂蜜作为礼物。他制作的蜂蜜应该属质量上乘之品，并经当地的政府允许上市。

回到前面的话题，当我们有幸步入退休的年龄时，是否也如同在 HWK 旁边树林中的小径边上的那段残缺的树干？此时，我们的知识结构开始变得老化，身体的状况也大不如前，精力也不像年轻人那样旺盛。或许，我们还沉浸在自己从以往工作获得的经验之中沾沾自喜。殊不知，这些积累的经验不能等同于在知识层面上的进步。

人生的岁月犹如在代尔门霍斯特的森林中看到的那被雷电击中而断裂和倒伏的大树、因被蛀蚀而变得腐朽的树桩，必将伴随着时光曲终谢幕，但我们应该为在其上面新萌发出来的枝条而感到欣喜。就在那段枯树的旁边和顶部，新的生命正在茁壮成长，它们汲取的恐怕就是那段树桩提供的养分。我们自己则如同这腐朽的树干，无论当初在社会上的地位如何显赫、在学术界的威望如何无可替代，终将有一天会轰然倒塌，并最终化作路边的泥土。

就这一点而言，犹如美国的记者艾伦·韦斯曼（Alan Weisman）在《没有我们的世界》（上海科学技术文献出版社，2007年）中所说的，地球的表面是我们出生和死亡的地方，但是在我们消失之后的某天，周围的事物的面貌会被恢复成人类文明出现之前的模样，整个世界也将重新成为一片充满生机的荒野。变化是我们周围的自然界的特点，没有什么事可以永恒不变。所以，在面对要迈过退休这道门槛儿的时候，与其惆怅或者躁动，倒不如以一种豁达的心情对待这种人生中的必经之路。我觉得人到中年之后，若能够变得豁达、宽容，则会在别人的眼里觉得可亲；若是在生活中对过去的经验和教训能够很好地进行总结，则将会变得睿智；若是对周围的事情乐于奉献、提供帮助，则将会令周围的同事感到可爱。如此，何乐而不为？

论友情

我到了中年之后，突然感到自己在"知识分子"的圈子中竟然无所适从。经常，我无法适应那种戴着面具将自己的真实隐藏起来的寒暄与虚情假意，也不擅长于参与那些在道貌岸然的外表之下的拉帮结派、钩心斗角的活动。于是，我便在这样的氛围里感到无地自容，被冷落在一边成为"孤家寡人"。在我看来，这些貌似"天下为公"的举动往往只是表演者以大家或者群众的利益作为借口，以一副"我不下地狱谁下地狱"的无辜和献身的形象出现。但是，若仔细分析一下这中间的是非曲直，最大的受益者恐怕还是这些演员本身。我也不屑于在官场和学术舞台上扮演"寒而不露"或者"落井下石"的角色。于是，我的"宿命"便是逐渐地"淡出江湖"，而别无其他。在这种环境中，我们是否只能在基于某种共同的兴趣和利益基础之上成为合作的伙伴？这中间存在着真正的友情吗？

相反，若是回到当初我上学之前工作的单位，见到久别的过去的同事，情况就是另外一个样子。在那里，我不需要刻意地将自己伪装起来，去效仿周围的其他学者/专家对那些我本不熟悉的人或事物进行赞美，或者将内心中的厌恶隐藏在假意的笑容后面去实现某种个人不够光彩的目的。在这里，一如传颂在广袤草原上的蒙古族民谣所说,可以"大口地吃肉、大碗地喝酒、大声地唱歌"。我当年工作与生活的地方,地处阴山山脉的尽头、河套平原的腹地。那里正如古人所云:"敕勒川,阴山下,天似穹庐,笼盖四野。天苍苍,野茫茫,风吹草低见牛羊。"当年我的那些工友,现在大都已经是儿孙满堂,有些退休在家,帮助子女照顾第三代。但是,我们见面的时候一如当初,仍旧可以整日整夜地围坐在一起聊天、喝茶、品酒,回忆当年的旧事,褒贬现时的烟云。我的那些个同事依旧记得当年我做过的蠢事和现在看起来颇为荒唐的举动。时过境迁,现在回味起来,友情犹如那杯中调制的鸡尾酒中添加了玛蒂尼,又或手中一串焦黄的烤肉上面撒的椒盐,让生活中的乐趣更加浓郁,值得仔细地用时间品味。往事也就像那铁锅里面热腾腾的奶茶的芬芳一般,飘荡在蒙古包外边的草地上空,弥漫在头顶并久久不会四下地散了去。

我有时会问自己:究竟是否适合这种学术氛围所产生的环境?假如当初我选择不参加高考,生活在今天对我来讲就是另外一个样子,那样,我是否在内心之中会更加快乐一些?

我在几十年于社会上的闯荡之中曾经去过不少的地方,见过不少的人,经历了不少的事情。若用"友情"这把尺子去量度,中间的一些人或事情曾经深深地触动了我的内心,至今未敢忘怀。在此不妨举几例。

当年,在大学里面读书时,南方的冬天阴冷潮湿。春节期间,在北方应该是银装素裹,而在江南却仍旧阴雨连绵。这让我这个地道的北方人尤为不适,于是乎手、脚、耳朵等处都生了冻疮。我在边疆的工作单位中的一位"女神"级的大姐在怀孕后期的数周之中,拖着笨重的身躯在商店购买了毛线,接着又赶在分娩之前织出了一件厚厚的毛衣，寄到江南为我御寒。此后，那件淡褐色的毛衣一直陪伴着我，数十年间浪迹天涯。后来时间久了，那件毛衣又由我的母亲拆洗之后重新编织起来并存放在我的衣柜。同样的，在大学四年的读书期间，正值改革开放的初期，社会上的生活物资尚不充裕。那时，在学校里的伙食定量不够吃，周围的女同学便将节省下来的饭票和粮票赠予我。许多年之后，我再次遇到昔日的同窗，谈及此事并表感激之情时，我的同学仅仅是淡淡地抿嘴一笑了之。

20世纪的90年代初，我从欧洲回来后在青岛任教。我的两位国外的同窗挂念我在回国之后的工作是否顺利、生活是否如愿，曾经几次从法国千里迢迢到中国来看望我。后来，我的那位研究雷达（注：属于军工领域的保密和敏感专业）的同窗去美国看望他的女友时，被使馆签证处的官员问询为何频繁地前往社会主义的中国。我的同学则自豪地回答说，在西方，法国是和中国正式建立外交关系比较早的国家之一。1964年就开通了巴黎—中国上海的航班，我们到中国的青岛去看望我在那里的朋友！后来，在1998—1999年，我曾于比利时的安特卫普大学的化学系工作。得知消息后，那位同窗从法国出发，一个人驱车数百公里，连夜又把我接到他们在巴黎的家小住了一段时间。

我在国内的学界中也与几位同事算得上是知己。得益于他们的指导和帮助，我在海洋科学领域的一些疑难问题得到了解决。在20世纪的90年代，我与几位同事在浙江的沿海做观测，认识潮汐和流场的变化，以便进行工程设计前期的水文资料分析和校验数值模拟的结果。我在这个以物理海洋学为主导的观测活动中做一些关于浮游生物对海水中营养元素的利用和微生物对有机物质的降解方面的实验，以便将获取的结果进行参数化并应用于认识生态系统的数值模拟之中。在那一次出海的日子里，我的一位同事在作业时不慎从渔船的舵楼上摔了下来，疼痛难忍。但是，当时在船上就我们两人在值班，倘若他上岸去看医生，就不得不中断已经进行了一半的观测活动。我的那位同事就这样一直忍着并坚持了好几天，直到观测的任务全部结束。后来我才得知，他的肋骨在当时被摔断了几根，返回杭州后在省立医院动了手术，上身和腰部都打了钢钉，大半年之后才痊愈。后来再见面时我们庆幸，当初摔断的肋骨没有刺伤内脏的其他部分，不然性命也将不保。

在我的前辈和老师中有一位是离休的干部，年轻时曾参加抗美援朝出国作战，精通几门外语，也是一位在业内颇受人尊敬的资深编辑。这位前辈曾经在20世纪的80年代初期给我讲授关于自然科学史和科学哲学方面的课程。许多年过去了，直到现在我还能够回忆起来当年他赴青岛给我们上课的情景。老师在退休后，依旧在学术界辛勤地耕耘，时不时就会有成果付诸出版，令我辈颇为汗颜。当年，在我从欧洲回国（青岛）之后，这位老师颇费周折地又托人把他曾经的学生从人群中再次"发掘"了出来，之后对我个人的学术成长和生活倍加呵护与关照。有一次我利用去京城出差的机会顺道看望这位令人尊敬的老师，他担心我迷路，便提前在楼下的路边等我。当初的情景，迄今回想起来依旧令我很是感动。那日从地铁站里"钻"出来之后，远远的我就看到在飘落的树叶之间，老人衣着单薄，挂着拐杖站在秋风中的道边。多年不见，岁月的重负已经压弯了老人的腰。在家里，老师颇有耐心地给我介绍了近期的学术活动，还送给我刚刚出版的学术著作。临到分手时对我叮嘱了三点:做学术研究需要忍耐得住"寂寞"、经得起挫折;要勤于对工作经常性地进行总结,发现新的问题;需要有一个良好的哲学观,并善于合作。待我道别时,老师又执意将我送至居民楼所在小区的外边,看着在秋风里老师那略显佝偻的身影,心底里涌上一股浓浓的暖意。

其实,这样的人和事情在我求学、工作与生活的经历之中还有许多,它们是我这一生中的宝贵财富,是值得珍爱与深藏的东西。回想起来,友情不在于朝夕相处,却经得起时间和世事的考验而不褪色。就像一坛封存的佳酿,无论何时掀开盖子,里面醇浓依旧,且日久弥香。

也谈"简朴生活"

美国的作家亨利·戴维·梭罗（Henry David Thoreau）基于他 1845—1847 年，于马萨诸塞州的瓦尔登（Walden）湖畔为期两年的独居生活期间对自然界的观察和对社会活动的思考，在 1854 年出版了散文集《瓦尔登湖》（上海译文出版社，1982 年）。在书中主人公提倡一种简朴的生活，融于自然，以一个独立的视角观察社会和做关于文化的反省。梭罗的《瓦尔登湖》在中国也有不同的译文，前前后后我见过的就有三四种之多，若是在互联网上查询，竟然有近 40 个不同的翻译版本。想必这本书在国民中间的影响巨大之说，并非空穴来风。也许，不同的翻译家在读了这本书之后，会有异于他人的感悟。于是，不同版本的译文其初衷、技巧和藏于其中的思想也都应该是不尽相同的。不过，我自己对这些出自不同学者的译文并没有做过对比。

不过，也有学者对《瓦尔登湖》一书颇有微词，且不赞同作者的处世哲学。譬如，英国的学者亚瑟·克里斯托弗·本森（Arthur Christopher Benson）在他的散文集《大学之窗：打开身心灵的纯美世界》（黑龙江教育出版社，2013 年）中，指出梭罗在文中描绘的"简朴"行为暴露出的破绽，就是要求得到别人的关注、时刻希望别人能够过来探望或者是敬仰他,或者说是"沽名钓誉"。在周围一片对亨利·梭罗的追随和赞美声中,这大约是我所见到过为数不多的批评声音之一。

在内心的深处,我自己也提倡"简朴的生活"。特别是在人到中年之后,体会到市井里面的俗侩、文化中的鱼龙混杂,以及学术界的明争暗斗,便愈加希望能够有一块安静的地方,远离车水马龙,避开都市的喧嚣,慢慢地回味生活的真谛。但是,很快地我就意识到,实现"简朴生活"是存在着一定的前提条件的,或者说是需要具有一定的经济和物质基础作为支撑的。坦率地讲,能够欣赏或者实践"简朴生活"者,恐怕是那种衣食无忧且具有闲情雅致之人士。一个人倘若处在赤贫的边缘,整天在为吃饱肚子而发愁,或者不得不为生计而四处奔波,大约不能够有心情和时间去思考关于人生或者社会之类的问题。在一些发达的国家,实现"简朴生活"所付出的代价似乎更大,因为生活的成本增加了许多,人们对物质与文化层面上的基本需求也不一样。而且,在一些地区和国家,赤贫与暴富阶层之间的悬殊随着社会的发展非但没有减小,反而变得更加显著。这恰恰是在梭罗的《瓦尔登湖》中,作者没有仔细地分析或者所刻意回避的事情。在《瓦尔登湖》一书中,亨利·梭罗写道,自己在湖边有可以支配的 2.5 英亩(注:一英亩约折合 6.1 亩)的土地用于耕种不同的作物;只要工作几周,就可以赚取到一年之中的生活费用了。除此之外,梭罗在《瓦尔登湖》一书中也承认,自己还有一些以前的积蓄。我猜想,这些财富在当时大约足以保障亨利·梭罗在日常生活中处于衣食无忧且居所可以遮风避雨的状态。

此外,从个人的角度我并不觉得为了回归生活的本来面目、思索社会的本质，需要刻意地在某一个地方将自己与世隔绝起来。譬如，在一处山水之间的庙宇中修行一段时间，当然我还没有勇气尝试这样去做。但是，身居社会的嘈杂之中，若能够坦然地将自己置身于度外，在喧闹的市井里面，静静地思索人生，冷眼观看世界，仍然可以放飞自己的思绪。正如中国的民间俗语中所说的"小隐隐于山，大隐隐于市"，大约意指的就是这一点。从这个角度，我更倾向于赞同英国的学者亚瑟·克里斯托弗·本森的看法。

北宋时期的文学家范仲淹（989—1052）在一生中官宦沉浮、屡遭贬谪，却在著名的词文《岳阳楼记》中写下了"居庙堂之高则忧其民，处江湖之远则忧其君。是进亦忧，退亦忧"的千古名句。想必在华夏的历史进程中的不同阶段，也不断有许多的学者们在提倡一种俭朴的生活，反思社会与文化发展过程中的瑕疵。譬如，东晋时期陶渊明（365—427）的《桃花源记》、唐朝刘禹锡（772—842）的《陋室铭》等文，都在赞美俭朴的生活和田园的人生。

因为职业，我曾多次在长江流域旅行，或搭乘火车、公共汽车，或自己驾车，中间有时也会徒步（远足）一程，从长江河口一直上溯到云南丽江的石鼓附近。在一路上，除了走走停停沿江做观测之外，也有机会领略那山、那水，体验沿途的风土人情与文化。我觉得在江浙一带，山水中透露出来的是一种灵气；到了湖南和贵州等地，那里的地貌可以用秀丽来形容；再往长江的上游，在云南的丽江和西边的中甸地区，那里高高的雪山（譬如：玉龙雪山和梅里雪山）和深深切下去的沟壑呈现出来的则是壮美。曾有同事到青藏高原去观测冰川的变化与勘查矿产资源的储量，他们回来后告诉我，只有到了青藏高原才能感受到山峰（注：喜马拉雅）的庄严。后来，在周末和假期中，我也常与家人一道前往浙江和湖北的山区村落中做短暂的旅行。

当我汗流浃背、徜徉于山野间的通幽曲径之中，或者席地而坐在缓坡之上欣赏缭绕于峡谷对面峰峦半腰的云雾，或是置身于丛林之中双手一捧山涧中清冽的泉水畅饮，能够暂时地忘却在都市生活中的杂乱与职场升迁中的争斗所带来的烦恼。或者，当我坐在海边，倾听那翻涌的海浪拍击礁石后的破碎之声，眼观远处过往的白帆和船桅，那一刻，内心中的思绪也随着翻腾不息的海水和空旷里的风被净化了。其实，若想要放飞自己的思想，做到心境的提升，我们不需要花费很多，只需要一个良好的动机，随时、随地都应该可以实践。

1985年年末到1986年年初，那是我在巴黎读书的第一个冬天。圣诞节之后，实验室的一位老师阿兰·托马斯（Alain J. Thomas）为我购买了一张往返联程的火车票，以便与他的家人一道前往在法国的中央高原（Massif Central）地区的老家度假一段时间。阿兰的老家是地处欧洲内陆地区的一处偏僻的山村，在19世纪的末期曾经有一百多户人家，到了20世纪的80年代中期，那里仅剩下了三户常住居民。我的那位老师的祖屋里面没有电，晚上我同他的家人就一道围着火塘在油灯下聊天和讲故事。家里面也没有自来水，师母做饭和我们洗漱所用的水都要到村外的一处山泉用瓦罐取得来。白天里，我们要去村外的丛林中捡树枝，回到家里劈柴；修理因为不大有人行走而日渐荒芜的山路；在屋后打理准备在春天里播种的菜地。

在距阿兰·托马斯一家的农舍不远处的对面山坡上，邻居家是一对上了年纪的夫妇。俩人白天开着拖拉机在地里忙活，

图 13 浙江仙居地区一处山村中的农舍照片，摄于 2018 年夏季。伴随着年轻人到经济发达的地区打工或者移居到城里，人口出现了向城镇的流动。如今待在乡村中的居民往往是上了年纪的老者和留守的孩子们，祖屋也因缺乏维修而逐渐荒废了。这一点与我在 20 世纪的 80 年代中期，于法国中央高原的山区中的所见颇为相似。

见面时热情地与我们打着招呼。晚上，农夫的家里面有电，有时我们也会到那里去蹭电视。那对农村夫妇的孩子们都到城里面去读书和谋生了，平时很少回来。老两口也从未去过巴黎，与我的老师一家见面后自然会有很多的事情可聊。特别地，在这个远离城镇的山村中，来了一个黄皮肤、黑眼睛的外国留学生，夫妇俩人也感到新奇，见到我时问这问那，还拿出平时储藏在家中的、一些山里面才有的特产来款待我。

在 20 世纪的 80 年代以后，中国的改革开放迅速地提升了经济发展的步伐，内地和偏远地方的年轻人纷纷到沿海地区就业。在城市里，我们身边的道路、桥梁和鳞次栉比的高楼，无不是他们用辛苦劳作的汗水和青春换来的。但是，在内陆的许多地区留在乡下家里面的多是老人和孩子们，那里的一些基础设施（例如：灌溉水渠）因为缺乏必要的维护和修缮，有些也荒废了。最近，我在浙江的山区旅行时，看到在一些偏僻山村里面的房屋中空无一人，其中有些村舍因年久失修已难以再遮风挡雨，颇像在 20 世纪的 80 年代中期我于法国农村看到的情景——留在村子里面的老人带着孩子，而青、壮年的劳动力撇下家里面的生计到外地去打工、谋生存（图 13）。留守的儿童们在成长过程中既失去了父母的陪伴，又因为上学的路太远、交通不便，或者在生活上无人照顾，他们中的许多人不像在城镇的孩子们一样能够有机会接受良好的九年制义务教育。这个现象，是否在一个国家走向工业化与现代化的过程中不可避免？

2013 年，我在麻省理工学院做带薪休假时，曾经与友人一道驱车从波士顿出发，造访过位于马萨诸塞州的瓦尔登湖（图 14）。秋天里，在静谧的瓦尔登湖畔，当年梭罗的居所只剩下了一些断壁残垣。回忆起来，我不记得看见过梭罗笔下所描绘的农田。在房屋遗址的四周，是茂密的丛林，与他处无异。站在瓦尔登湖边，脑海里重温梭罗当年在这里写下的那些文字时，我不禁问自己：简朴与贫穷的界限究竟应该划在哪里？

如今，那些留守在偏远乡村的人们的生活是否算得上简朴？他们中间的一些人士是否也能够像当年的梭罗那样在"简朴生活"中而泰然处之？假如不是，那么在文人和贤士笔下的"简朴生活"指的究竟是什么？但如果答案是肯定的，那么生活在偏远的农村，体验着乡下的衰落与日益繁华的都市之间的强烈反差，却又不得不为每日的生计四处奔波的人，他们是否依旧会有闲情雅兴于笔墨之间放飞关于哲学、人生和环境保护的思绪？

图14 美国作家亨利·戴维·梭罗的居所遗址,位于马萨诸塞州波士顿附近的瓦尔登湖畔。如今,当年梭罗在此居住的小屋、耕作的田地均已消失不见,取而代之的是新生长出来的灌木。但是,在小屋的遗址周边,湖水和丛林依旧。

若干年前，我的一位曾经一道在巴黎读过书的故友在回国时，顺道来上海看望我。在我们为数不多的几次谈话中，聊起过关于在冬季北方的天气的话题。我的那位曾经的同人大约在国外生活得太久了，抱怨北京冬天的雾霾，并批评说政府不够关注和下大力气解决环境污染的问题。我虽然认可这位过去的同窗对造成雾霾原因的分析，却不能够赞同这种"事不关己"的批评之音。在西方工业化的进程之中，几乎每一个国家都曾经遭遇过环境污染的局面，并为此付出巨大的代价。我们从发表的文献中知晓，20世纪30—40年代伦敦的雾霾，曾经造成数千人生命的丧失；20世纪的中期，北欧国家的酸雨频繁，使得那里的湖水虽然清澈，却见不到游动的鱼儿；日本近岸的海水被污染（譬如：汞）并沿着食物链富集，最终导致当地的居民患上了臭名昭著的"水俣病"；美国的工业制造区附近的湖泊沉积物中重金属的含量，在"二战"时期以及后来的一段时间内超出我们在中国看到的5—10倍。然而，真正令人痛心的却是，我们虽然极力宣传要避免重蹈西方国家在经济发展的过程中"牺牲"环境的覆辙，却在许多方面依旧付出了沉重的代价。

在此，请允许我重新回到关于"简朴生活"的讨论话题。如果我们能够在自认为俭朴的生活中依旧就文化、哲学、环境乃至人性的特点进行深入的思考并付于笔墨之上，我觉得至少不会处于食不果腹、衣不蔽体和住无居所的窘境。于是，在我们能够享受相对美好的"简朴"生活时，需要的前提是在经济上处于衣食无忧的状态。早在150多年之前，伟大的哲学家卡尔·马克思就在他那不朽的名著《资本论》（译林出版社，2013年）中就阐述过，劳动者首先必须满足诸如吃、穿、住这些基本的生存需求和休息、娱乐等方面的生理欲望，然后才可以在社会上持续地从事生产和其他方面的活动。而且,人类的这种在精神上的欲望和生理上的需求于不同的时代、不同的文化氛围下的表现往往也是不同的。此外,除了纯粹物理方面的因素之外,劳动者的日常活动还应该受到在社会道德层面上的约束。我欣赏简朴生活,因为它铺就了通向简朴人生的道路,尽管它需要有一定的经济基础。然后,那些能够实现"简朴人生"的成功者,也需要在生活中克制自己的欲望,或者说"上帝"青睐的是那些在物质上不算奢华的人士。

20世纪的70年代初期,在意大利召开的一次国际大会上,来自各国的学者和外交家们都认为,到21世纪初,中国因人口的增加而产生的对粮食的需求将会带来世界性的灾难。美国学者莱斯特·布朗(Lester R. Brown)在他于1995年出版的《谁来养活中国?》(*Who will Feed China*, W. W. Norton & Company)一书中认为,按照当时人口增加的速率,到2030年中国将出现接近每年4亿吨的粮食缺口。现实是,在经历了改革开放40多年之后,我们国家粮食作物的产量已经达到了每年6.5亿吨以上的水平,人均接近每年500公斤,而且现今还向世界上其他的国家出口粮食。如今,在学校读书的孩子们不会再有"挨饿"的切身体验;相反,浪费却成为一种普遍的现象。据统计,中国目前每年浪费的粮食在0.35亿吨左右,这些被浪费掉的粮食若按照每公斤4元的价格出口的话,可以每年为国家赚取人民币1400亿元的外汇!

当年(注:20世纪的70年代)在我的成长过程中,一般人(例如:小学生、机关干部和老人)的粮食定量是每月27斤,中学生是每月34斤。我在进入大学读书之前于工厂上班时,作为重体力工种的劳动者的定量是每月43斤。倘若按照每人每月

30 斤的配给定量来计算，我们现在每年浪费的粮食可以额外养活近 2 亿的人口。在国外旅行期间，我曾将国人粮食浪费的陋习作为故事讲给留学生们听，来自东南亚地区的 Md. 杰克·侯赛因（Md. Jaker Hossain）在听罢这个故事之后，意味深长地对我说道，这些被浪费的粮食足够养活整个的孟加拉国（注：孟加拉国的面积是 14.75 万平方公里，人口大约是 1.7 亿）。

如今，在学校的食堂里或是大街上的饭店中，到处都张贴着要求食客们实施旨在节约粮食的所谓"光盘"行动，甚至在电视节目中也插播有类似的内容（广告）。当我在餐桌上向实验室里面年轻的学生、家里面和邻居的孩子们讲述自己在小的时候挨饿的经历时，从他们迷茫与困惑的眼神中，我终于明白了所谓"饱汉不知饿汉饥"的寓意即在于此。我的同龄者或是稍微年长的一代人，在脑海里大都还留有年幼时挨饿的记忆。在中学读书的阶段，每当到上午的第四节课时就会感到腹中饥饿难耐，内心中期盼着早一点下学。我和同伴曾经在教室的窗台上用粉笔做出记号，在上午的最后一节课上用眼神紧盯着那透过玻璃窗泻入的光线的移动。待到那射入的光线与粉笔留下的记号相重叠的时候，就到了该下课和回家吃午饭的时间。彼时，若有人在大家的面前推销"简朴生活"的理念，我想可能会是"对牛弹琴"，遭遇无人理会的尴尬结果。而留在我们记忆深处的那段孩提时代刻骨铭心的经历，是目前的年轻一代所不曾有过的生活体验。当然，我由衷地希望，我们的孩子们永远不会再遭遇自己在少年阶段经历的这种生活磨难。

父母的养育之恩

我的父母在他们年轻的时候，响应国家的号召，离开东北，千里迢迢地去到位于边塞的内蒙古，支援包钢的建设，并且一辈子都扎根在那里。在我开始上小学的时候，父亲在"四清"运动中被下放到牧区，后来几经辗转，被重新分配到呼和浩特市工作。母亲则一人带着我与弟弟在家（注：包头市）工作和生活，中间的时间长达 8 年。1972 年，我母亲终于也将工作调动到了呼和浩特市，之后我们一家有了三年团聚在一道的时间。1975 年，在我中学毕业的前夕，父亲不舍我去农村长期插队做知青，就在工作调动时主动要求去了地质勘探部门，从此远离了我们生活的城市。

我在中学毕业后也追随着父亲的足迹去了地质勘探部门，并且在内蒙古第 105 地质大队工作了三年多的时间，直到 1978 年的秋天去南京大学读书为止。自那时起，就离开了生我、养我的内蒙古。我在读大学期间用的被褥，都是母亲在下班后，利用业余时间一针一线用驼绒和羊绒缝制起来的。离开内蒙古时，母亲还特地将家里面一条保存了多年的毛毯交给我带上，说是在冬季天冷的时候可以压风。在我上大学的那几年，父亲因病去世了，家境也变得贫寒。母亲和小妹惦念我一个人在江南读书清苦，就将家里面积攒下来的馒头切成片后放在铁锅里面烤干，将苦杏仁用水泡过后再晾干、翻炒，之后装到袋子里面。然后，她们母女二人骑着自行车，顶着塞外冬天刺骨的北风，将装在纸箱中的衣物、食品等运到位于市郊的货运车站，再通过铁路的慢件运输邮寄到南京。在那些年中，我的母亲和小妹节衣缩食，支持我完成学业。这件事情如今回忆起来，依旧令我在内心中感到痛！

当初，我们一家在包头市生活期间，有一个很好的韩姓邻居。夫妇俩人没有小孩，也是响应国家的号召从江南来到内蒙古支援当地的建设。我和弟弟小的时候，父母上班忙，就把我们托付在韩姓的邻居家里。那家的先生与父亲是同事，我们甚至吃住都在那里。两位老人（注：对外我们尊称他们为伯父和伯母）待我们视如己出，呵护与爱怜之情甚至不输我们的亲生父母，此事当年的街坊与邻居尽知。伯父曾经因为有人纵容自己的孩子欺负我的弟弟，而去找对方打抱不平，以至于后来被人公报私仇，戴高帽游街、挨打不说，还被弄去蹲了"牛棚"。伯母也曾因赶着制作我们喜欢吃的晚餐，搭乘公交车到几十公里以外的商业中心去购物，结果在路上被一辆自行车撞断了腿骨，有一段时间卧病在床。后来，在我上大学后，伯父、伯母还将我介绍给他们远在南京的亲戚，而这种亲情因为两位老人的缘故也被传递到了江南。我在南京读书的那几年中，也经常被老人在当地的亲戚们（注：两位叔叔和婶婶）叫到家里面去玩，蹭吃蹭喝不说，有时还住在那里。这种亲情陪伴着我的成长，一直持续到后来两位老人的相继去世，但我终生不会忘怀。现在回想起来，"文革"期间，我们家和韩姓邻居家都受到了冲击，有一段时间"红卫兵"不允许我们两家相互往来。我那时大约是10岁,想得耐不住了就跑去伯母下放劳动的地方,她见了就将衣兜里面掖藏着的糖果"偷偷"地塞给我……

很多年之后,我也走向了中年,有了自己的家庭与孩子。那时,我才真正地体会到父母的养育之恩、韩姓夫妇的呵护之情,这是我可以终生享用的财富。

父辈们在工作中的风格、生活中的处世态度也深深地影响了我。我的父亲在年轻时有过来自会计与汽车专业学校的两个毕业证书。后来,在政治运动中受到波及,从行政管理岗位被下放去做汽车司机。在我小的时候,父亲在逢年过节期间经常会在单位值班。有时,在下班回家之前也会同门卫们一道抽支烟,聊一会天。父亲有一个本事令我颇感惊奇,在工厂的大门口聊天时,若恰逢有司机驾驶着汽车从身边经过,凭借着机器的杂音和个人的感觉,他就能够判断出来车辆是否有毛病以及故障出现的位置在哪里。韩姓的伯父在退休前是一个火车司机,工厂里面的"八级工"。老人曾经在单位中做过全厂工会的主席,性格开朗、热心,且颇有一种"路见不平、拔刀相助"的豪爽,为此在历次的政治运动中没少吃苦头。

因为我的父母在年轻时,响应国家的号召远赴内蒙古支援包钢的建设,我自己就生于斯也长于斯。在离开家乡读大学之前,我从未到过江南,没有见过竹林,也没有见过水稻、红薯和花生这类作物长在地里是什么样子的。当火车第一次载我跨过黄河之后再向南,在京沪线上铁路的两边出现了晾晒的地瓜干,令我很是感慨。待列车经过了长江大桥之后,远处的山峦就变成了翠绿的颜色,道路两侧的农田中出现了水牛,水塘里鸭鹅成群,令我眼界一新。后来,在1981年的秋天,学校的老师带领我们去浙江的遂昌一带做毕业实习,回来的路上搭乘了长途汽车沿着富春江前往杭州。车窗外,扎好的木排/竹排在清澈的江面顺流而下,颇为壮观。那种情景至今历历在目,几十年过去了都还清晰地保留在记忆的深处。这也许就是我选择在江南生活的理由之一。

跋

在大学的教育中所传承的核心内容是什么，这是我曾经问过自己的问题。现在，我将这个问题重新提出来，以便读者思考与讨论。在我看来，大学在传授知识、解惑的同时，也应该注重文化的传承，这也是高等院校所应该担负的引领作用和职责所在。由此，大学应该是一个培育思想的环境，是一个提倡学术争鸣的场所。

当初，我在同自己的学长、如今于南京大学执教的陈骏老师谈及出版这本小书的时候，即获支持。随后，南京大学出版社的编辑老师们同我联系书稿的整理和编排等事宜，并且从职业编辑的角度提出了十分中肯的意见。在此基础上，我又对早期的文稿进行了修订。应该说，没有上述诸位老师的提携和支持，这些文稿至今应该还散乱在我办公室的某个角落。在此，一并表示感谢。

图书在版编目（CIP）数据

丽娃夜话：教育、科研与人生三味/张经著. —南京：南京大学出版社，2024.5
ISBN 978-7-305-27509-8

Ⅰ.①丽… Ⅱ.①张… Ⅲ.①随笔—作品集—中国—当代 Ⅳ.①I267.1

中国国家版本馆CIP数据核字（2024）第001308号

出版发行	南京大学出版社
社　　址	南京市汉口路22号　邮　编　210093
书　　名	丽娃夜话——教育、科研与人生三味 LIWA YEHUA——JIAOYU KEYAN YU RENSHENG SANWEI
著　　者	张　经
责任编辑	巩奚若
照　　排	南京紫藤制版印务中心
印　　刷	徐州绪权印刷有限公司
开　　本	880 mm×1230 mm　1/32　印张6.375　字数190千
版　　次	2024年5月第1版　2024年5月第1次印刷
ISBN 978-7-305-27509-8	
定　　价	56.00元
网　　址	http://www.njupco.com
官方微博	http://weibo.com/njupco
官方微信	njupress
销售咨询	025-83594756

* 版权所有，侵权必究
* 凡购买南大版图书，如有印装质量问题，请与所购图书销售部门联系调换